君の
みそ汁
の為なら、
僕は億だって稼げ
かもしれない
kimi no MISOSHIRU no
tamenara,boku wa oku datte
kasegeru kamo sirenai
ちだ
ill
シソ
kimi no MISOSHIRU no tamenara,boku wa oku datte kasegeru kamo sirenai

「おみそ汁の味はどうかな、翔くん？」
かすがい ゆめじ
春日井夢路
金成学園高等部一年。お婆ちゃんが経営する春日井食堂の看板娘。得意料理はみそ汁。
オススメ！

「すごくおいしいよ！」
大倉翔（おおくらしょう）
金成学園高等部一年。日々の生活もままならない貧乏学生。夢路に一世一代の告白をするも、真意が伝わらず撃沈。

「ウチが炭酸飲料を作ってるクラブだって、
わかって言ってるのかしら？　ええ？」
布施舞花
ふせまいか
金成学園高等部二年。株式クラブ「スパークリン」の部長。炭酸を愛しすぎて、何でもすぐに炭酸にしようとする。

「我々のメリットは何でしょう？」
ほしずみ きらり
星住きらり
金成学園中等部一年。最大手コンビニチェーン「スターマート」のトップ。

「俺がお前の成功を願ってやる」
ささにしき こういち
笹錦耕一
金成学園高等部一年。機械に強い。翔の手助けをする、ある〝理由〟があって――？
「ボクが一体誰を傷つけたんだい？」
はながみ かねみつ
花上兼光
金成学園高等部三年。夢路との結婚を一億ホープで願った張本人。新進気鋭の商業グループのトップ。

プロローグ……011
第一章……017
お金で買えないものがある（みそ汁）
第二章……069
みそ汁VS炭酸飲料
kimi no MISOSHIRU no tamenara,
boku wa oku datte kasegeru kamo sirenai
CONTENTS
第三章……119
激闘、牛丼戦線
第四章……195
一億ホープの願い
エピローグ……249
巻末特別付録……266
大倉式　初心者のためのビジネス講座
デザイン◎鈴木 亨

君のみそ汁の為なら、僕は億だって稼げるかもしれない

kimi no MISOSHIRU no tamenara,boku wa oku datte kasegeru kamo sirenai

プロローグ
kimi no MISOSHIRU no
tamenara,boku wa oku datte
kasegeru kamo sirenai
PROLOGUE

「おい翔、いつまでここにいるんだ。早く行けよ」

草葉の陰でうずくまる僕に、友人の笹錦耕一は言った。

「で、でも、大丈夫かな？　迷惑じゃないかな？」

「大丈夫だろ。むしろ今行かずしていつ行くんだって話だ」

言われて僕は顔を上げる。視線の先には、校内掲示板を眺めるセーラー服を着たポニーテールの女の子が一人。

女子の中でもとびきり小柄で、いつも柔らかな笑みをたたえている。

名は春日井夢路。ここ金成学園高等部の一年生で、僕とは隣のクラスの女子生徒。そして僕の初恋の相手でもある。

「確かにそうなんだけど、ウザがられたり、キモがられたりしないかな？」

「ええい、芋ってんじゃねえ！　お前が言い出した事だろうが！」

「芋ってるわけじゃない。ただ、その、武者震いが止まらなくてね……」

「はぁ……とんだチキン野郎だなお前は」

耕一は学ランをめくり、腰のポシェットから財布を出した。

「俺がお前の成功を願ってやる。だからとっとと行って、男を見せて来い」

彼が手にしたのは、一枚の一〇〇ホープ硬貨。それが光を放つ細かな粒子となり、霧散してゆく。

耕一が今使用したのは、ここ金成学園における学園内通貨である。

ホープにはその金額に相当する願いを叶える力があり、学園内において様々な事業に利用されるものだ。

一〇〇ホープといえば、パンやジュースが一つ買える金額である。僕ら貧乏学生にとっては大金だ。それを他人のために使うなんてそうそうできる事じゃない。そこまで耕一は僕の事を応援してくれているというのか。

僕は親友を背に、前だけを向いて立ち上がった。

「……わかった。僕行くよ。男を見せてくるよ」

そして破裂しそうなほど暴れる心臓を押さえ、彼女の前まで歩いてゆく。

「春日井夢路さん！」

「はい？」

振り向いた時にポニーテールが揺れ、シャンプーの香りが鼻腔をかすめた。キラキラ輝く大きな瞳が僕を見上げてくる。

「大倉翔君？　どうしたの？」

「ずっと前から好きでした！　これから毎日僕のためにみそ汁を作ってください！」

腹の底から声を絞り、全力で頭を下げる。

時間にして数秒ほどだったろう。でもその間の沈黙は鉛のように重く、無限の責め苦にも感じられる。

やがて夢路さんはクスッと可愛らしく笑い、

「うん、いいよ」

直後、僕は万感の思いでガッツポーズを取っていた。

五月下旬の暖かい日差しに包まれた放課後。

彼女いない歴一六年という闇の歴史に終止符が打たれた瞬間だった——

第一章

お金で買えないものがある（みそ汁）

kimi no MISOSHIRU no tamenara,boku wa oku datte kasegeru kamo sirenai

CHAPTER 1

――はずなんだけどなぁ。

「……耕一、おかしくない？」

僕はみそ汁を一口飲んだ。芳醇なダシの香りが鼻を抜けていく。

「言いたい事はわからんでもない」

奴も白飯の盛られた茶碗を手に答える。

ここは春日井食堂という金成学園内にある施設である。

味は絶品なのだが、メニューは和食一辺倒で値段が高い。普段厨房にいるのも愛想の悪いしわくちゃの婆さんとあって生徒達からはあまり人気がなく、今日も周囲は空席ばかり。夕食時だというのに食事をしているのは僕らだけだ。

「僕、さっき告白したよね？　なんでみそ汁飲む事になったんだろう？」

「お前が作れって言ったからだろ」

「いやいや！　あれは言葉のあやというか、お決まりのセリフじゃないか！」

「んな事俺に言われても困る。遠回しな表現をしたお前が悪い」

そんなに遠回しだったかなぁ。あれを曲解する方が難しいと思うんだけどなぁ。

「というか今更だが、あの子のどの辺を好きになったんだ？」

「全部さ！」

僕は即答した。

耕一は呆れたように嘆息して、

「だから全部好きになった理由を聞いてるんだ。何かきっかけでもあるのか？」

「もちろんあるよ。中等部三年の頃に、全財産の入った財布を失くしてしまってね。一ヶ月無一文で、その日食べる物も買えなくて困っていたら、僕のためにわざわざ春日井食堂でみそ汁定食を作ってくれたんだ。それ以来僕はここの常連だよ」

「それだったら俺も昼飯代忘れた時に食わせてもらったぞ？」

「うんうん、夢路さんは優しいからね。きっとあの子は天使にちがいない」

「春日井さんの事になると頭の中お花畑になるんだなお前は……」

などと話していると、

「おみそ汁の味はどうかな、翔君？」

横から顔を突き出してきたのは、セーラー服の上に白い割烹着を着た春日井夢路さんである。

「すごくおいしいよ！」

「そっか、良かったぁ」

ニコニコと明るく微笑む夢路さん。それを目にしてほっこりする僕。

すると耕一がテーブルの下から足をつついてきた。

「おい、さっきの件ちゃんと伝えておけよ」

「おっとそうだった」

ほわほわした笑顔に見とれるのもいいけど、あいにく僕にはやらなければならない事がまだ残っている。

「あの、夢路さん。さっきの話なんだけど」

「ん？　おみそ汁定食の定期購買の話？」

いつの間にそんな話になったんだろう。

「いやあの、まぁそれについてなんだけど」

「もしかしておいしくなかった？」

「すっごいおいしかったよ！　夢路さんのみそ汁大好きだし！」

「そっか、良かったぁ」

ニコニコと明るく微笑む夢路さん。それを目にしてほっこりする僕。

彼女は自分の作る特製みそ汁に絶対の自信があるらしく、褒められるといつもこんな風に喜ぶ。

事実、夢路さんのみそ汁は一口飲めば病みつきになるうまさだ。具だくさんで栄養も考えられているみたいだし、三つ星レストランのスープにだって勝ると僕は思っている。

「いつもうちで食べてくれてありがとね」

「お礼なんてとんでもない！　卒業まで毎食ここに食べに来てもいいよ！」

まぁすでに三食全部ここなんだけど。

と、夢路さんの笑顔に突如影が差した。

「ごめんね翔君。卒業までは難しいかもしれない」

「え？　どうして？」

「最近他のお客さんがぜんぜん来なくてね」

言われて僕は周りを見る。いつも見慣れた空席の目立つ食堂の風景がそこにあった。

そういえば今年の四月に入ってから、お客さんがいるところをほとんど見ていない。というか一人も見てないかもしれない。よく考えたら僕と耕一以外の客なんていないんじゃないだろうか。

とてつもなく嫌な予感がした。

「……まさか、お店を畳むとか？」

「うん。儲かってないからね」

「そんな！」

僕は椅子を蹴倒す勢いで立ち上がった。

「おかしいよ！　こんなうまいみそ汁を作れるのに！」

「ありがと。でもお金がないと続けられないから」

「ぼ、僕が毎日食べに来るよ！　一日六食とか食べるよ！」

「それだと翔君が太っちゃうだけだよ」

うん、まぁそうだな。僕一人が食べまくったところで経営が持ち直すわけがない。

「でも、たぶん半年くらいは大丈夫だよ。それまではわたしも学校にいるから」

「え……それって半年後は学校にいないって事？」

夢路さんは悲しそうに笑った。

「どうせ、このお店がなくなったら学費が払えなくなるしね」

「そ、そんな……」

僕はショックのあまりよろよろと二、三歩後退し、崩れ落ちる。

中等部三年生の時に初めて春日井食堂へ訪れて以来、僕は夢路さんと色んな話をした。

幼稚園の頃から料理を習い、日々研究に研究を重ね、腕を磨いてきたそうだ。半分くらいは何を言ってるのかよくわからなかったけど、話をしているだけで楽しかった。特にみそ汁に込められた熱い思いは本物だと、料理ができない僕にもわかった。

春日井食堂がなくなったら、夢路さんは今後学園でみそ汁を提供できなくなるじゃないか。

夢路さんの作る国宝級にうまいみそ汁が飲めなくなるなんて、世界にとって損失だ。そんな事が許されていいのだろうか？

「なぁ、翔」

不意に耕一が神妙な顔で声をかけてきた。ほっぺたに米粒を付けていてちょっと間抜けに見える。

「……なんだよ？」

「なんかおかしいと思わないか？」

「何もかもおかしいさ……世の中全部間違ってるんだよ……」

「そうじゃねえって。この春日井食堂はたしかに立地が悪い。学園の隅っこで、近くに学生寮もない。値段も他の食堂より割高だ。だがそれにしたって二ヶ月もの間、他の客が一人も来ないのは変じゃないか？」

「何が言いたいんだよ？」

「誰かがホープを使ったんじゃないかって事だ」

頰に付いた米粒をペロリとなめとり、耕一は夢路さんへ目を向ける。

金成学園は、小等部から大学部までを一体化したマンモス学校で、生徒と職員を合わせて二〇万人もの人間が生活している。その敷地は中央区画を中心に東西南北九つにブロック分けされ、もはやちょっとした町くらいの広さがある。その中に、株式制度を導入して部費を自前で稼ぎ出す株式クラブや工場施設がひしめいているのだ。

ホープはそんな学園の中で流通する通貨であり、金額に相当する願いを叶える力がある。

なんでも、拝金主義をこじらせちゃった学園長が、金を神と崇めるうちに天啓を授かり生み出されたものだそうだ。なぜそんな不思議パワーが生まれたのかは知らないけど、世間では資本主義の悪魔が与えた力だの、お金に八百万の神が宿っただのと言われている。

学園へ一割の手数料を支払わないといけないため、金額未満の願いしか叶えられないが、大金を積めば春日井食堂への営業妨害くらいはできるかもしれない。

「……でも、もしそうならどうするのさ?」

「ホープを使えば確認できるはずだ」

耕一の言葉で、僕はハッと思い出した。

ホープは願いを叶えるために消費すると、学園の会計課で記録される仕組みである。願いの内容について学園側は、学園規則さえ逸脱しなければ基本的に何もしない。そして手数料の一〇〇ホープを支払えば、その内容の開示義務があったはずだ。

「なるほど、調べれば事実関係がわかるのか」

「そういう事だ」

ホープを使った願いは、ホープを使って打ち消せる。

ホープによる願いはかけられたのか。もしそうなら、誰が、どんな願いをかけ、いくら投資したのか。可能性があるなら確認すべきだろう。

「……よし」

僕は立ち上がった。

そして尻ポケットから財布を出し、一〇〇ホープ硬貨を握り締め、願う。

「春日井食堂にかけられた願いの詳細を教えてくれ!」

その瞬間、手の中の硬貨が光の粒子となって消えていった。代わりに機械的な声となって頭の中へ情報が入ってくる。

・願い主
高等部三年九組、花上兼光
・願いの内容
春日井食堂の閉店、および春日井夢路が一六歳になる誕生日に、春日井夢路と結婚したい。
・投資した金額
一億ホープ

それきり頭の中に響く声は途絶え、夢路さんが食器を洗う音だけが聞こえる。

「一億ホープ……だと……!?」

僕の顔から血の気が引いたかと思えば、一瞬にして頭へ上る。

「なんて野郎だ、こんな事許されるわけがないッ！」

僕は怒りのあまりテーブルをドンと叩いた。

「何かわかったのか？」

「ああ……。どうやら夢路さんと結婚を企てる不届きな輩がいるらしい」

「それお前じゃねえ？」

あれ、おかしいな？　自己紹介をしたつもりはなかったんだけど。

「って、そうじゃない！　僕が一億ホープなんて持ってるわけないだろ、犯人は花上兼光とかいう奴だ！」

僕が持っているお金なんて、冬に支払う予定の学費一〇〇万ホープと、日々の生活費として親の仕送りが月に二万ホープだけだ。一億ホープなんて雲の上の数字じゃないか。

「なんだ、一億ホープでそんなおかしな願いがかけられてたのか」

「うん。春日井食堂の閉店と、夢路さんとの結婚だ。期日は夢路さんが一六歳になる誕生日らしい」

「ずいぶん個人的な願いだな……」

「まったくだよ！」

「しかし花上兼光っつったら、花上グループのトップじゃないか」

「耕一知ってるの？」

「そりゃ知ってる。花上グループといや、学園御三家の一つだぞ」

「御三家……？」

「花上グループ、スターマート、東郷生徒会の三つだ」

耕一いわく、次の通りだそうだ。

・花上グループ
二年前に突如現れ、飲食業界のシェアをさらった新進気鋭の商業グループ。
・スターマート
ここ数年で敵対店舗をほぼ駆逐し、学園を網羅するコンビニエンスストア。
・東郷生徒会
学園創立から存在し、不動産業や金融機関を運営、学園長の血縁で固められた巨大財閥。

金成学園での成功者は、大学部の卒業が決まった段階で各企業から引き抜かれるという。だが花上は高等部三年生ですでに大手企業の経営陣の席が決まっているそうだ。

花上兼光はそんな殿上人ともいえる存在らしい。

「その成金野郎が閉店を願ったせいで、客が来ないのか！」

「いや、客が来ない事は願いと関係ないと思うぞ」

「なんでだよ？」

「ホープで願った結果客が来ないんなら、俺達が来てる事がおかしいだろ」

それはまぁ、そうかもしれない。

耕一は難しい顔で腕組みをしながら、

「……翔、最近お前の寮にチラシとか来てないか？」

「来てるけど、それが何だよ？」

「いっぱい来てないかって事だ。あちこちから」

言われて思い出す。

ここしばらく、ファミレスやパン屋、宅配ピザなどの近隣のお店からクーポン付きのチラシが毎日山のように送られていた。

僕は夢路さんとみそ汁目当てで春日井食堂へ通っているけど、それが無ければお得な他の店へ足を向けていたに違いない。

「……つまり、春日井食堂に経済的圧力をかけている？」

「たぶんな」

その肯定に、僕は拳を固く握り締める。

ホープに関わる学園規則は、主に三つある。

ひとつ。ホープで不当に他者を傷付ける願いを行使してはならない。

ふたつ。期日までに学費を支払う能力がない生徒、一定期間仕事を失った職員は、学園に在籍する資格、およびホープの使用権を失う。

みっつ。ホープによる願いは、金成学園内においてのみ効力を発揮する。

敵は、これらを意図的に踏みにじる願いを行使しているように思える。夢路さんの心を傷付け、職を奪い、学園外——結婚という人生に影響を及ぼす願いを叶えようとする。

　ならばやるべき事は一つ。僕は耕一に背を向け、歩き出す。

「おい翔、どこ行くんだ？」

「三年九組の教室へ行く。まだ花上とかいうのがいるかもしれない」

「多分そこにはいないと思うぞ」

「なんで？」

「俺達貧乏学生は普通に授業を受けてるが、大抵の金持ち連中は授業を買ってるんだ。ホープで願えば勉強しなくても頭に入ってくるし、教室に行く必要がないから時間を有意義に過ごせるだろ。大体授業一つで一万くらいらしいぜ」

　金で何でも解決か……ブルジョワどもめ。

「なら、花上がいる場所を教えてくれ」

「居場所なんか知らんよ」

「いそうな場所でいい」

「そりゃあ、中央区画にある花上マーケットのビルだと思うが……」

　春日井食堂は南東区画の端っこにある。中央区画まではそれなりの距離があるから、バスを使って行った方がよさそうだ。

「そうか、ありがとう」

「どうするつもりだ？」

「抗議しに行く」

「やめとけって、相手は大金持ちだぞ？　軽くあしらわれるのがオチだ」

「だからなんだ！　花上だかチリ紙だか知らないけど、夢路さんを泣かせる奴は許さない！」

「おい待て⁉」

そんな制止も聞かず、僕は春日井食堂を飛び出した。


肩を怒らせてやって来たのは、天を衝く巨大なミラービルの前だった。

一五階建てで周りにはおしゃれな庭園があり、噴水が水のドームを形作っている。敷地の塀にはでかでかと『株式クラブ花上マーケット』と刻まれたご立派な看板が見える。

もはや同じ学園内とは思えない。一体どんな悪い事をすれば、こんなものが建てられるんだろうか。

「たのもーっ！」

道場破りよろしく声を張り上げ、僕はだだっ広いエントランスに踏み込んだ。驚く受付の女の子へ向けて歩を進める。

「あの、どちら様でしょう？」

「僕は高等部一年の大倉翔だ。花上兼光って奴に会いたい」

「部長の花上にご用ですね。失礼ですが、アポイントメントは――」

「取ってない。だけど用事がある。何階にいる？」

受付の女の子が不審の眼差しでこっちを見てくる。僕のただならぬ様子に危機感を抱いたのかもしれない。

「申し訳ありませんが、アポなしではちょっと……」

「いいから会わせてくれ。花上の悪事をバラされてもいいのかって伝えろ！」

強い口調で言うと、受付の女の子は訝しげに眉を寄せつつも内線の受話器を取る。その後、二言三言やりとりを交わし、彼女は僕の方へ向き直った。

「お会いするとの事です」

「そうか。じゃあどこにいるか教えてくれ」

「かしこまりました。ご案内しますね」

そうして連れられた先はビル最上階、赤い絨毯に黒檀の机と棚が置かれた広い部屋。

その中央に学ラン姿の人物が二人いた。

片や小太りで七三分けの、いかにも小悪党といった男。

もう片方は、黒縁眼鏡をかけたオールバックで中肉中背。高そうな椅子に座っていて見るからに偉そうな奴だ。切れ長の目はナイフのように鋭い。例えるならマフィアのボスみたいな風貌である。

「あんたが花上兼光か？」

「キミ！　花上部長を呼び捨てとは失礼じゃないかね⁉」

小太りの男が激高するが、しかし黒縁眼鏡の男が笑顔でそれを制する。

「牛丸君、落ち着きたまえ」

「はっ……申し訳ございません」

「すまないね、ええと……名前はなんと言ったかな？」

「大倉翔だ」

「そうか。大倉君、我が花上マーケットのビルへようこそ」

金持ち特有の余裕っぷりで僕を迎える花上。無駄にイケメンなのが腹立たしい。

「それで、ボクの悪事がどうのという話だそうだけど、一体何の事だい？」

「しらばっくれても無駄だ！　夢路さんにかけた願いの事はもう知ってるんだぞ！」

ピクリ、と花上の眉が動いたように見えた。

「……牛丸君、少し席を外してくれないか」

「は……？　わたくしがですか？」

「そうだ。すまないが外してくれ」

小太りの男——牛丸は、僕の顔をチラチラと見やる。

「何度も言わせるな。席を外せ。次はないぞ」

「し、しかし……」

「し、失礼しました！」

全力でペコペコと頭を下げ、牛丸は腹の肉を揺らしながらそそくさと出て行った。

彼が出て行ったのを見計らい、花上はゆっくりと口を開く。

「……なるほどね。あれに気が付いたのか。もしかして君も、春日井さんに好意を持っているクチかな？」

「そんな事はどうだっていいだろ！　さぁ、今すぐ願いを取り下げろ！」

「どうして？」

「どうしてもこうしてもない！　あんたの願いは学園規則に反した悪い事だからだ！」

「本気でそう思っているのかい？」

花上は仄暗い笑みを浮かべた。

「ボクは別に学園規則に反した願いなどかけてはいない。風評被害も甚だしいね」

「反してるじゃないか！　『ホープで不当に他者を傷付ける願いを行使してはならない』って生徒手帳にも書いてあるぞ！」

「ボクが一体誰を傷付けたんだい？」

「夢路さんをだよ！」

僕の反論に、花上は悪びれる様子もなく答える。

「彼女がいつ傷付いたというんだ？」

「傷付いてるじゃないか！　春日井食堂の閉店とか、夢路さんの意志を無視した結婚とか、不当な願いのせいで！」

「ボクが言っているのは、それで彼女が物理的に傷付いているのかという点だよ」

「そんなの屁理屈だろ！　夢路さんは現に心が傷付いてるんだ！」

「だが、学園側はボクを取り締まろうとしていない。当然だ。心の傷なんてあやふやなものを規制すれば、経済活動は成り立たない。競争に破れた者が心の傷を負ったからとて、勝者を責めるのはお門違いというものだろう」

「じゃあ結婚の願いはどうだ！　婚姻届けの提出は学園じゃできないぞ！　学園外にまで影響を及ぼす不当な願いだろ！」

「その規則は学園外の存在に対してホープは使えないと言っているだけだ。春日井さんは学園内にいるのだから、何も問題はないよ」

「だからそんなのは屁理屈で――」

「話の通じない奴は嫌いだ。ボクは忙しい、もう出て行きたまえ」

花上はゴミを見るような目を僕に向けた。だけどこちらも怒りの視線で返す。

「いいや、お前が願いを取り下げない限り僕は帰らない！」

「出て行け、とボクは言ったんだ」

その瞬間、僕の体に見えない圧力がかかった。突風に吹かれたように廊下まで飛ばされ、目を回す。

「な、なんだ……!?」

「ふん……一〇万ホープ程度では部屋から追い出すだけか。面倒な奴だ」

見れば、花上の手元に光の粒子が舞っていた。

……なるほど、ホープで僕が帰る事を願ったのか。それが廊下止まりなのは、僕が『一〇万ホープをあげるから帰れ』と言われても部屋の前にかじりついて抗議を続けるからだろう。

「ならこうしよう」

花上は引き出しを開け、小切手を一枚取り出した。そこに万年筆を走らせる。

書き記されたのは一〇〇万だった。金額を上げて僕の心が揺さぶれると思っているなら舐められたもんだ。

「バカめ、どんな金額を提示されたって僕は帰らないぞ！」

「バカはそちらだ。君のような貧乏人に一〇〇万ホープが使われる事を感謝しろ。ボディガードを雇い入れる！」

叫んだ直後、小切手は粒子となって消え、奴の前に光の人形が現れた。まるで軍人のようにガタイのいいシルエットだ。

大金を使えばこんな事までできるのか……⁉

驚く僕を見下し、花上は手を前に突き出す。

「ボディガードよ、そいつを屋外につまみ出せ！」

「うわっ⁉」

命令一つで、光の人形が動き出した。まるで米俵のように僕を担いで階段を全力疾走、あれよという間にビル一階の外へ放り出される。

光の人形はそれきり何もしてこないけど、ビルに入ろうとすると前に立ちふさがってくる。

金額分の契約が切れるまでは消えないという事だろう。

「くそ、こんなのありかよ！」

憎々しげにビルを見上げながら、僕は敗北感を胸に刻むのだった。


「だから言ったろ、こうなるって」

「ぐぬぬぬ……」

花上に手酷く追い払われた後、僕は再び春日井食堂へ戻っていた。

「一〇〇万ホープでボディガード召喚とか何なの？　あんなのずるいだろ！」

「金に物を言わせりゃ大抵の事はできるからな」

「くそう、でも良い事を知ったぞ。金さえあれば僕にだってできるんだから」

「いやいや、無理だろ。相手は一億ホープをポンと出せるんだぞ？」

「なら僕も同じくらい金を持てばいい」

「それこそ無理だ。よしんば一億を手にしたところで、相手はそれ以上の金を持ってる。貧乏人の俺らが勝てる相手じゃないぞ」

耕一の奴め、やる前からそんな事言うな。

「可能性はゼロじゃない！」

「限りなくゼロに近いと思うがな……」

「それでも、僕はやる！」

僕は固く拳を握り締める。

その時、ふと僕の頭に疑問が浮かんだ。

「なんで一億なんだろう？　一億あれば夢路さんと結婚できるのか？」

耕一は頭を雑に掻きながら、

「必ずしもそういうわけじゃないだろうが、この場合は充分な金額なんだろうな」

「なんで？」

「まぁ……なんだ。お前が花上とやり合ってる間、ちょっと聞いてきたんだがな。春日井さんは一億近くの借金があるらしい」

「借金……？」

「春日井さんの爺さんが生前、この学園で給食センターを経営していたらしいんだが、そこが破綻しちまったみたいでな。その時の借金が大体一億ホープだそうだ。今はいくらか返済したが、それでも数千万はある」

様々な情報が頭の中を駆け巡る。もはや嫌な予感しかしない。

「つまり爺さんの借金を返済する代わりに、夢路さんと結婚できるよう願った……？」

「そういう事だろうな」

「いや、でもおかしくない？　爺さんが遺した借金を孫が返さなきゃいけないなんて」

「額が額だからな。それに彼女のお婆さんは学園の栄養教諭として在籍しているんだ。給食センターではもう働けないし、この上食堂がなくなったら、借金を抱えたまま職を失う事になる。春日井さんは祖母だけに負の遺産を押しつけるほど冷たい子じゃなさそうだし、追い詰められりゃ結婚くらいするんじゃないかね」

「……そこに好意が無くても、か？」

「無くても紙切れ一枚出せば結婚はできるだろう」

嫌な事を言いやがる。

僕がしかめっ面を向けると、耕一は肩をすくめた。

「何にせよ、ホープが消費された以上はどういう形であれ願いは叶う。昔、一〇〇ホープでビルを建てたいと願った奴がいたが、手のひらサイズのペーパークラフト製ビルが建ったって話だぜ」

その話なら僕も聞いた事がある。

一〇〇ホープで『ビルを建てたい』と願ったらホープは消費されたが、同額で『鉄筋コンクリート製で高さ一五メートルの五階建てビルを建てたい』と願ったらホープは消費されなかったというものだ。

願いをあいまいにしておけば叶えられる範囲が広くなり、投資額を上げれば叶えられる質が上がるという、有志による検証である。

花上の願いでホープが消費された以上、対処しなければ夢路さんは強制的に結婚させられてしまう。そんな事を認めるわけにはいかない！

「これは夢路さんにも知っておいてもらった方がいいんだろうけど……でも結婚うんぬんは言わない方がいいかもしれないな。うん、言うべきじゃない。言わないでおこう」

「お前が言いたくないだけじゃないのか？」

「ちがう！　僕は夢路さんに心配させまいとしてだなぁ！」

「一億も出せる奴となら結婚してもいいか、なんて事にならないようにじゃねーの？」

「ゆ、夢路さんはそんな子じゃない！　一億の金より、春日井食堂を取るはずだ！」

「本当かねえ……」

疑惑の目を向ける耕一は放っておき、僕は夢路さんをテーブルまで招いた。もちろん結婚については伏せておく。

「――というわけなんだ」

一通り言い終えると、夢路さんは放心したようにお盆を取り落とした。あまりの内容にショックを隠しきれないようだ。

「誕生日に……閉店？　うちの食堂が？」

「そうらしい」

「一億ホープも使ってそんな願いを……？」

「うん、花上兼光って奴がね」

「そんなぁ……」

目に涙を溜める夢路さん。彼女は泣いても笑っても可愛いが、こんな子を泣かせるなど許せない！

「ちなみに夢路さん、誕生日はいつ？」

僕は胸ポケットから生徒手帳とペンを取り出した。

「一一月三〇日だけど」

「なるほど……約半年後か」

夢路さんの言っていた話とピタリ一致する。その日がリミットだと思って間違いないだろう。

僕は生徒手帳にペンを走らせる。

「じゃあ好きな食べ物は？」

「おみそ汁だよ」

「ふむふむ。では好みの男性のタイプは？」

「おみそ汁が好きな人かな」

「ほうほう。なら一億ホープと春日井食堂はどっちが大切？」

「えっと……？」

「おい翔、くだらない質問に時間使ってる場合か？」

耕一が嘆息して言う。

そうだった。今はまさに一大事。花上みたいな馬の骨に、夢路さんを取られるわけにはいかない！

心を改め、僕は質問を続ける。

「花上にこんな願いをされるような覚えは？」

夢路さんはハンカチで目元を拭きながら、

「……わかんない」

「じゃあ花上兼光とはどんな関係だった？」

「うちの常連さんだったよ」

「それだけ？　プライベートでは赤の他人？」

「うん」

「なら夢路さんにセクハラしたり、言い寄って来たりは？」

「ないよ」

「何かひどい事されるような心当たりもなし？」

「うん……。だって兼光君、わたしのおみそ汁定食の定期購買がしたいって何度も言ってきたくらいだし」

「定期購買……？」

なんか思い当たる節があるのは気のせいかな。

耕一も何か気付いたようだ。怪訝な眼差しで夢路さんに問いかける。

「ちなみに春日井さん、定期購買の話をされた時、なんて言われたか覚えてるか？」

「翔君と同じだよ。毎日おみそ汁作って欲しいって」

うん、それ、確実に告白だわ。

要するに、花上は何回もプロポーズしたけど夢路さんにまったく伝わらず、強攻策に出たわけか。ざまあみろ、と言いたいところだけど、なんか自分でも悲しくなってくるな……。

まぁでも事情は大体わかった。いずれにしてもやるべき事に変わりはないのだ。

僕はこの上なく真剣な眼差しで言った。

「夢路さん、安心してくれ。僕が何とかするから」

「ありがとう……そう言ってくれるだけでも嬉しいよ」

「言うだけじゃない。僕は本気だ」

目を潤ませてこちらを見る夢路さん。背がちっちゃいので自然と上目遣いになっている。

「でも一億だよ？　何をどうするの……？」

「それを今から考えるのさ」

こんな可愛い子が泣くほど困っているんだ。ここで助けない奴は男じゃない。

「ホープを使ってかけられた願いは、同じ額のホープで打ち消せる。半年以内に僕が一億ホープ稼いで、夢路さんにかけられた下劣な願いを無効にしてやる！」

握り拳で胸を叩き、僕は背筋を伸ばす。

めいっぱい格好つけたおかげだろう、夢路さんは羨望の眼差しを向けてくる。きっと頼りになる僕に惚れてしまったに違いない。

「そんなにまでわたしのおみそ汁の事を思ってくれてたなんて……翔君ありがとう」

おかしいな……みそ汁の話なんてしてなかった気がするんだけど。

というわけで僕ら三人は雁首そろえて話し合う事になった。

しかし大見得を切って言ったものの、先行きは暗い。なんせ僕らは明日の生活費さえ憂える貧乏学生なのだ。

「ビラを配ったらどうだ？」

耕一が言った。

「要は客足が戻れば稼げるわけだろう。なら割引セールでも何でもして、ビラで周りにアピールすればいいんじゃないか？」

「うーん、どうだろう」

お店のやり方としては妥当かもしれないけど、その場合どれほど繁盛すれば春日井食堂で一億ホープ稼げるのかが問題になる。

金成学園で生活している生徒や職員の一食当たりの平均額を三〇〇ホープとした場合、一日三食で九〇〇ホープ。約二〇万人いるので一日一億八〇〇〇万ホープ規模の市場がこの学園にはある事になる。

もし春日井食堂の立地が人通りの多い大通りや、大きなビジネス街のある中央区画なら売り上げは見込めたかもしれないけど、あいにくこの辺は南東区画でも隅っこのそのまた隅っこ。はっきり言って田舎だ。周りに畑があるくらいだし。

「ちなみに夢路さん、みそ汁定食一食当たりの原価はいくら？」

んー、と夢路さんは柔らかそうな唇に指を当てて、

「おみそ汁定食は一食三〇〇ホープで、原価はたしか……一五〇ホープくらいだよ」

「ご飯とみそ汁と漬け物のセットなのに、ずいぶん高いな」

耕一が失礼な事を言いやがった。

「耕一は何もわかってないな……。この鰹節のダシがきいた特製みそ汁の事を」

「鰹節入れてないよ？　鯛の煮干しだよ？」

「そう、鯛の煮干しのダシがきいた……」

「お前もわかってねーだろうが」

「うるさいな！　今そんな話はしてないんだよ！」

僕は生徒手帳に数字を書き込んでいく。

「仮にみそ汁定食を一日一〇〇〇食販売したとしよう。一食当たりの粗利益は約一五〇ホープだから、一日一五万ホープだ。これを半年間休みなく続けたとすると、いくらになる？」

耕一がポシェットから電卓を出し、ボタンを叩く。すると二人の顔が渋いものに変わった。

「……二七〇〇万ホープ」

「そう。一億には届かないんだ。つまりビラ作戦はあまり有効とは考えられない」

「でもよ。一日一〇〇〇食ってのはどっから出てきた数字だ？　もし一日四〇〇〇食売ったら一億に届くと思うんだが」

「時間を考えるんだ」

「時間？」

「仮に一食作るのに一〇秒かかるとしよう。一〇〇〇食なら一万秒……大体二時間半超だ。これが四〇〇〇食だと四倍……一一時間くらいかかる。休憩時間もなく、ずっと一食一〇秒のペースで、一日一一時間を半年続けるんだよ。夢路さんと婆さんだけじゃまず無理だろう。バイトを雇えば人件費が発生して利益は減るから、必要な販売数は更に膨らむ」

「……たしかに」

「あと、割引セールとかやるなら、売価を下げなきゃいけないよね。するとやっぱり利益が減るから、もっとたくさん売らないといけない」

「……そうなるな」

「更に言うと、宣伝ってのは徐々に効果が出るものだ。前半の客数が少ない事は確実なんだから、後半の負担は肥大するよ。最終的に一日数万食売らないと間に合わない、なんて事態になるかもしれない」

「……」

夢路さんと耕一は黙ってしまった。

あまりにも現実を見せすぎてしまっただろうか。でもこういった状況を知らないと先の展開は考えられないのだ。

この上で、半年の間に一億ホープをどうやって稼ぐのか？　ぶっちゃけ無理くさい。

ギャンブルで大勝ちでも狙うかなぁ……？

そんな益体もない事を考えながら、話し合うこと十数分。

僕は立ち上がった。

「ちょっとジュースでも買ってくる」

「俺はコーラでいい」

耕一が一〇〇ホープ硬貨を放ってくる。親友をパシリにするとはなんて奴だ。

「お茶ならあるよ？」

「いただきます！」

夢路さんの心遣いに脊髄反射で答え、僕は再び席に座る。が、耕一がジロリと睨んできやがった。

「コーラ」

「夢路さんがお茶を出してくれるらしいよ」

「俺はコーラが飲みたいんだ」

「そうか。じゃあ買いに行くといい」

僕は預かった一〇〇ホープ硬貨を耕一の前に置いた。

「お前ジュース買いに行くんだろ？　ついでに買って来てくれよ」

「夢路さんが淹れてくれたお茶の方がうまいに決まってるだろう！」

「頭を使う時は糖分を取るべきだ」

「ぐぬぬぬ……」

「あ、じゃあわたしも一緒に買いに行こっか？」

「よし、行こうか！」

夢路さんの提案に即答し、僕は意気揚々と席を立った。

「ちょいと夢路、暇なら明日の仕込みを手伝っとくれ！」

食堂の奥から婆さんの声がかかり、夢路さんは僕へ苦笑いを向ける。

おのれ意地悪婆さんめ、よけいな事を……。

「ごめんね、ちょっとお婆ちゃんのお手伝いしてこなきゃ」

「そ、そうか……それは、仕方ないね……」

炊事場に吸い込まれていく夢路さんの背を前にうなだれる。

そんな僕を見てか、耕一は「やれやれ」とこれみよがしにため息を吐いた。

「わかったわかった、俺も行ってやるよ」

「夢路さんとがいい……」

「贅沢言うな。ほら行くぞ」

襟首をつかまれ、渋々僕はジュースを買いに行く事にした。

だが春日井食堂の近辺はあまり発展しておらず、自販機は一台も見当たらない。仕方なく少し離れた学生寮の付近まで歩き、自販機を前に財布を取り出す。

そこで、ふと僕は手を止めた。

「なぁ耕一。自販機のジュースって原価はいくらなんだろ？」

「さぁ、半分くらいじゃねーの？」

プルタブを開けてコーラの缶をグビグビ飲む耕一。奴が買ったのは一〇〇ホープだから、もし半分だとすれば五〇ホープが原価になるわけだ。

「でも耕一が今飲んでるコーラってさ、こないだスーパーで三五ホープだったよ？」

「そりゃ特売だからだろ」

「そうなんだけどさ、それだけを買う客は多かったよね。売れば売るほど赤字なんて商品は店側も置かないんじゃないかな？」

「……まぁそうだな。って事は、原価は三五ホープよりちょっと安いくらいか？」

「そうなるよね」

僕はスマホを取り出し、自動販売機に関する情報を検索する。

物にもよるが、缶飲料なら一台につき大体五〇〇本前後が入っているようだ。大型のものなら一〇〇〇本近く収容できるらしい。

自動販売機一台当たりの価格は平均四、五〇万ホープくらい。だけど激安の中古品なら一〇万ホープからでもなくはない。

頭の中で何度も暗算を繰り返す。

「なるほど……これは使えるかもしれない」

「なんだ？　まさか自販機ビジネスでもやるのか？」

僕はうなずいた。

「だが、それにしたって元手がいるだろ。お前それ、一番安いやつでも一〇万ちょいって書いてるぞ？」

耕一が僕のスマホを覗きながら言う。

たしかにそうだ。貧乏学生に一〇万ホープは高すぎる。明日の食事代すら憂える僕らが手を出せる金額じゃない。

だけど、僕は注文画面を開き、確定ボタンを押した。後は学園銀行で金を振り込めば、二、三日後に納品されるわけだ。

耕一は飲みかけのコーラを手にしたまま固まっていた。

「翔……本気か？　どうやって払うんだよ？」

「金ならある」

「どこに？」

「学費だ」

僕は大真面目に言ってやった。

学園銀行には、親が用意してくれた学費一〇〇万ホープが入金されている。これを使えば自販機を買う事はできるだろう。

「が、学費って……でもお前、それ使っちまったら……」

「一二月頭までに取り返せなかったら退学になるね」

金成学園はお金に厳しい学校だ。

学園長はお金を神と崇め、貧乏を悪とする極端な拝金主義者。甘えは微塵も許されない。

でもその一方で、生徒達が本格的に社会へ出る前に世の仕組みを理解させようとする、熱心な教育者の顔も持ち合わせていた。

そのため金成学園は、資本主義社会の構造を簡略化して導入するという、世にも珍しい運営がなされた学校でもある。

貧乏人は虐げられるが、誰もが等しく金持ちになるチャンスを与えられているのだ。

「大丈夫だって、いきなりでかい事をやるわけじゃないから。今回使うのは学費の一割だし、投資した分以上に稼げばいい。まずは小さなリスクでテストするのさ」

何もせず大金など得られはしない。半年以内に一億ホープを稼ぐには、とにかく行動する事だ。

呆れを通り越してもはや絶句する耕一に、僕は胸を張って告げた。

「夢路さんのためなら、僕は資本主義の犬になる！」

そうして三日後の朝、自動販売機は無事納品された。

一六セレクションで、缶ジュースなら四三二本が収容できるものだ。最安値の一〇万ホープであればこんなものだろう。かなり使い倒された感のある中古品で汚れやキズが目立つけど、ようは動けばいいのだ。

立地は大通りの十字路。周辺には運動部のグラウンドや体育館、高等部の学生寮がある。東郷生徒会所有の敷地だったため、売り上げから原価を引いた粗利益の二〇パーセントを毎月支払い、電気代はこちら持ちという契約を交わしておいた。

「そうだ、耕一にも一応見せておこう」

そう言って、クリアファイルに入れた書類の束を通学鞄から取り出す。

「なんだ？　株式クラブ大倉商業……？」

「そう。この自販機ビジネスを始めるにあたって、株式クラブの届け出をしようと思ってね。今勉強しながら書類を作ってるところなんだ」

資本金は一〇〇万ホープ、つまり僕の学費全額の予定である。

「本気でやるんだな……」

僕の自販機を前に、耕一が難しい顔でうなる。

「もちろん本気さ」

「でも売れなかったらどうする？」

「一応別の事業も考えてあるよ」

「ほう？　どんなのだ？」

「ふふふ……これだ！」

僕はスマホをタッチして画面を見せてやった。

映っているのは、エメラルドブルーの外装に覆われた薄い円盤状の機械だ。ちなみにすでに購入済みである。

「何だこりゃ？　お掃除ロボット？」

「そう、業務用のね。自動マッピングで部屋の形状を認識して、障害物を回避したり一度掃除したところは通らないという優れものさ。ネットオークションで中古が五万ホープだったよ」

「清掃業でもやるのか？」

「うん。室内の掃除依頼を請け負って、お掃除ロボットに働かせるんだ。僕は掃除する場所に持って行ってボタンを押すだけ。明日から営業開始予定で、一時間三〇〇ホープで考えてるよ」

「高いな。需要あるかねえ？」

「それはやってみないとわからない。でも小等部から高等部まで、放課後は毎日全クラスの生徒が教室の掃除をするよね。一クラス三〇人が皆で出し合えば、たった一〇ホープで掃除する手間が省ける。見込みはあると思うよ」

仮に一日八時間掃除したとして、売り上げは二四〇〇ホープ。土日を除けば一ヶ月二二日だから、五万二八〇〇ホープになる。ここから引かれるのは電気代くらいだ。低く見積もってもまぁ二、三ヶ月もやれば元は取れるだろう。

自販機ビジネスも清掃ビジネスも、準備さえすれば極力ほったらかしでできるところがポイントだ。僕の体は一つしかないんだから、時間は有効に使わないといけない。

「とりあえず儲からなかった場合を考えるより、どうやって儲けるかを考えよう」

僕は空になった段ボールの山をポンと叩く。

これらは缶飲料やPETボトルを製造する株式クラブ『学園飲料』の工場から直接仕入れたものだ。お茶にコーヒー、清涼飲料水と種類は豊富で、二四缶入りが計一八箱ある。

学園飲料の工場からここまで台車で二往復して持って来たけど、思いのほか重労働だった。耕一が手伝ってくれなかったらもっと大変だっただろう。ここは自販機ビジネスの欠点かもしれない。

「そういやこれ、ホープで缶ジュースの補充を願ったらどうなるんだろ？」

「どうなるって、補充されるだけだろ」

「いや、だからさ。ホープで願う場合、どういう基準で金額が設定されてるのかなって」

「ああ、それなら学園内の相場で決まってるんだよ。例えばバイトを雇った場合に払う給料とか、株式クラブに依頼した場合の報酬額とかに一割の手数料を加えた金額だ」

「じゃあ相場がわからないものは？」

「その時は学園側が勝手に決めるだけだ。大抵は人を雇った場合よりかなり高く設定されるし、手数料まで取られる。でないと学園内での経済活動が成り立たないからな」

なるほど。ホープの方が使い勝手は良いが、バイトを雇ったりした方が安いわけだ。

「ところで耕一はいいの？」

「何がだ？」

「だって、タダで手伝ってくれたじゃないか」

「誰がタダでやると言った？」

「えっ⁉ 違うの？」

「違うだろ。むしろ俺をタダ働きさせようとしてた事が驚きだ」

言われてみればそうかもしれない。逆の立場なら平然とバイト代を請求するところだ。

耕一は肩をすくめる。

「……まぁ、別にいいけどな。俺はお前を応援してるんだ。協力できる事があるならやってやるさ」

「耕一……お前はなんて良い奴なんだ。見直したよ」

「見直される前の評価が気になるところだが……まぁいい。もし儲かったらバイト代くれ」

「おやすいご用さ！」

僕は意気揚々と段ボール箱を畳み、台車に積んでいく。

「そういやいくらで売るんだ？　個別に値段設定ができるみたいだが」

「全品一律五〇ホープだよ」

「ずいぶん安いな。それで儲かるのか？」

「心配いらない。仕入れ原価は一本辺り三一ホープだからね」

つまり一本売れたら一九ホープの粗利益だ。東郷生徒会への分け前二〇パーセントを差し引くと一五・二ホープ。ここから電気代や税金などが引かれ、残ったお金が僕の純利益となる。

電気代を仮に月三〇〇〇ホープとすれば、一日平均六・六本売れば相殺される計算。これならやればやるほど赤字なんて事にはならないだろう。

「まずは安さを武器に数日間様子を見る。ここは人通りが多いし、運動部の活動場所が近いから、きっと売れ行きは良いはずだ」

「そうか。なら記念すべき一本目は俺が買ってやろう」

耕一は財布から五〇ホープ硬貨を取り出し、投入口へ入れた。

しかし硬貨は中へ吸い込まれただけで、自販機はうんともすんとも言いやしない。

「……おい、ジュースくれよ」

眉間にシワを寄せる耕一。当然の主張である。金だけもらってジュースは渡さないなんて詐欺だろう。

仕方なく僕も五〇ホープ硬貨を出し、投入する。でもやっぱりジュースは出て来ない。この自販機はどうやら反抗期のようだ。

「おかしいな……なんで出ないんだろう？」

「不良品つかまされたんじゃねーの？」

「そんなバカな！　一〇万ホープも出したんだよ⁉」

「一番安いやつな」

反論する余地もない。

「修理に出したらどうだ？」

「それだといつ始められるかわからないし……」

「ならホープを使って願えばいい」

「修理依頼は一〇万ホープからとか書かれてたんだけど」

「最初から二〇万のを買っておけばよかったな」

まったくだ。このままでは一億稼ぐどころか、単なる安物買いの銭失いじゃないか。

「ぬぐぐ……こんなはずでは……」

「しょうがねーなぁ……」

呆れ顔で耕一は自販機を開け、中の機械を調べ出した。主に硬貨投入口の裏側辺りを見ているようだ。

「ああ、センサーが断線してるな。そりゃ動かねーわ」

「え？　もしかして耕一直せるの？」

「わからんけど、たぶん」

「何その設定？　僕知らないよ？」

「設定じゃねーよ。中等部の頃、株式クラブ機械製造部で工場のラインとか作ってたんだよ。花上グループが出てきた余波で去年潰れたけど」

　親友の意外すぎる経歴に驚く僕。

　耕一はポシェットからニッパーやら圧着工具やらを出して、断線した箇所を修復していく。なんであんな道具を持ち歩いているんだろう？　実は四次元ポシェットだったりするのか？　よくわからないけど、奴の背中が今はものすごく輝いて見える。

　耕一とは高等部になってからの仲だ。こいつがこんなにも機械に詳しいなんて、人は見かけによらないもんだな。

「よし、たぶん直ったぞ。これでちゃんと動くはずだ」

　言われて僕は自販機を閉め、五〇ホープ硬貨を投入する。そしてコーラのボタンを押すと、今度こそ缶は音を立てて排出された。

「耕一……お前って実はすごかったんだな。今までバカにしてごめんよ」

「やたらと含みを感じる言いぐさだな……」

「というか耕一のその技術を活かしてビジネスとかできないかな？」

「活かすっつってもな。活かしてたクラブが潰れたわけだが」

言われてみればそうだった。でも何かに利用はできそうだけどなぁ。

なんて考えていると、耕一はポシェットに工具を仕舞い込み、

「まぁいい。とりあえずジュースでも飲みながら売れ行きを見ようぜ」

「そうだな！　よし、このコーラは僕のおごりだ。ぜひ飲んでくれ！」

「俺はさっき金入れたんだが……」


そうして一日を過ごし、翌日の朝である。

耕一と一緒にジュースの補充に向かった僕らは、そろって驚愕の声を漏らしてしまった。

「これマジか……？」

「すげー売れてんな……」

一六種類あるジュースのうち、約半数が売り切れになっていたのだ。

大まかに計算して二〇〇本以上売れている事になる。

金額にすれば三〇〇〇ホープ程度の利益だけど、これが一ヶ月続けば九万ホープにもなる。

「たしかに人通りは多いけど……こんなに売れるもんなの？」

「まぁ……一本五〇ホープだからな。学園スーパーより安いのもあるし、近くにありゃ俺だって買うわ」

言われて納得する。この値段なら僕だって買う。

「そういや昨日言ってた清掃業の方はどうなんだ？」

「それならメールで依頼が来る手はずだよ。昨日の内に各教室へ張り紙をしておいたから。今のところは、えーと――」

僕はスマホを取り出し、メール画面を開く。

「こっちはひとまず三件だね。中、高等部の教室清掃依頼が二件、運動部からの体育館清掃依頼が一件。初日ならこんなもんだろう」

問題は自販機の売れ行きだ。まさかこんなに爆売れするとは予想外過ぎた。

「……よし」

僕は急いでスマホを操作する。

「おい、何やってる？」

「残りの学費で自販機を買い足すんだよ」

唖然とする耕一。気持ちはわからないでもない。

奴は何やら難しい顔でうなり声を上げ、

「……疑問があるんだが、お前は半年で一億ホープ稼ごうとしてるんだよな？」

「うん」

「例えば自販機で今日みたいなバカ売れがずっと続いたとしよう。そしたら一台で一ヶ月九万ホープくらいの稼ぎだ。そうだよな？」

「そうだね」

「仮に自販機を一〇台に増やしたとする。単純計算で一ヶ月九〇万ホープの稼ぎだ。半年なら五四〇万ホープ。一億にはまったく届かなくないか？」

耕一の言う事は間違っていない。

例え自販機が一〇〇台あっても、半年の稼ぎは五四〇〇万ホープだ。実際には立地によって売れ行きにばらつきが出るものだし、数が増えすぎると供給過多で一台当たりの売り上げは落ちるから、利益はもっと小さいだろう。ここにお掃除ロボットの稼ぎを足しても、半年で一億は無理がある。

　でもそれでいいのだ。

「自販機やお掃除ロボだけで一億稼ぐつもりは最初からないよ」

「どういう事だ？」

「僕はね、稼ぐ仕組みを作るために始めたんだ」

普通、人は時間を消費して金を稼ぐ。アルバイトなり正社員なりで労働力を提供し、対価として事業者から給料をもらう。

だけどそれには限界がある。一日は二四時間しかないし、時給にも上限がある。働けば誰だって疲れてしまうだろう。ならそれ以上に収入を増やすにはどうすればいいのか？

自販機一台で、僕は年間一〇〇万ホープほどを稼ぐ可能性のあるキャッシュフローを得た。缶ジュースと釣り銭を入れておけば、後は勝手に売ってくれる。まだまだ規模は小さいけど、これは一つの答えだと僕は思う。

「本気で大金を稼ぎたいなら、寝ても覚めても金が生まれる仕組みを考えるべきなんだ」

「……具体的にどうするんだ？」

「昨日話した通り、自販機や清掃業を運営する株式クラブを作る。そして学園銀行から金を借りる。それを元手にして新たな事業を始めるのさ。僕みたいな貧乏学生なんか普通は門前払いだろうけど、返済能力がある企業なら銀行だって話を聞く気にもなるだろ？」

僕の言葉に、耕一は腕を組んで何やら考え込む。

そして重苦しく口を開いた。

「……もし失敗したらお前、どうするつもりだ？」

「失敗を恐れていたら何もできないよ」

「学費がなくなって、借金も背負うかもしれないんだぞ？」

耕一は本気で心配してくれているみたいだった。僕が借金まみれになり、学園を去る事を気にかけているようだ。

耕一の心配はもっともだ。その可能性は充分あり得るだろう。

だけど——

「それでも、僕は夢路さんを助けたい」

「……なんでだ？　何がお前をそこまでさせる？　そりゃお前が春日井さんに好意を抱いてるのは知ってる。だがな、金成学園の就職率は一〇〇パーセントだ。卒業さえすりゃ、成功者でなくともそこそこの就職先は見つかるんだぞ。単に好きってだけで、他人のために人生を賭けられるものなのか？」

言われて、僕の脳裏によぎったのは夢路さんの笑顔だった。

一年前、全財産の入った財布を失くした時の事だ。

奇しくも親の仕送りをもらったばかりで、次に送られて来るのは一ヶ月も先。冷蔵庫は空っぽで、光熱費や水道代も払えない。

その日食べるものもなく、しかし寝て起きるだけでも腹は減るので、時に友達のおかずをねだり、時に近所のお店でパンの耳なんかをもらい、何とか食い繋いでいた。

でも連日食べ物を要求する僕に、友達や店側も辟易したのだろう。徐々に僕を煙たがるようになった。そりゃお金を出して買った弁当のおかずを毎日たかられるのは嫌だろうし、店だって商売だから断りたくもなるだろう。

そんな時、夢路さんと出会ったのだ。

彼女は食べ物を求めてさまよい歩く僕を見て、何を思ったか声をかけてきた。そして空腹だと知るや、春日井食堂へ連れて行ってくれた。

そこでご馳走してもらったみそ汁定食は、涙が出るほど美味しかった。世の中にこんなうまいものが存在するのかっていうくらい、僕は夢中になって食べた。

僕が財布を失くした事を話すと、夢路さんはいつでも来て良いよと言ってくれた。そして本当に毎日やって来る僕を、彼女は曇りひとつない笑顔で歓迎してくれた。そんな彼女の事が、僕はいつからか好きになっていたんだ。

「一宿一飯の恩義ってわけじゃないけど……受けた恩を返すなら今だと思うんだよ」

笑って言うと、耕一はあからさまに深いため息を吐いた。呆れているというよりは、説得を諦めてしまったのかもしれない。

「僕を止めないんだな？」

「お前の覚悟はわかった」

耕一は自分の髪をくしゃくしゃにかき乱しながら、

「翔の言う事はむちゃくちゃに聞こえるが、正しいような気もする。半年で一億稼ごうってんだ、どこかで冒険しなくちゃならんだろうよ」

そう言って奴もスマホを取り出した。

「だから俺も協力してやる」

「協力って？」

「一人より二人の方が、色んな事ができるだろ？」

耕一は不敵な笑みを浮かべる。そして向けられた画面には、学園銀行の預金口座が表示されていた。その額、一〇〇万ホープである。

「まさか……？」

「俺も学費を出してやる。だから必ず成功させろ」

株式クラブ大倉商業が、資本金二〇〇万ホープで産声を上げた瞬間だった。

第二章
みそ汁
VS
炭酸飲料
kimi no MISOSHIRU no
tamenara,boku wa oku datte
kasegeru kamo sirenai
CHAPTER 2

「花上グループが学園飲料を買収……だと？」

学園経済新聞を広げながら、僕はうめいた。

自販機とお掃除ロボによるビジネスを始めてから一ヶ月ほどが過ぎた、七月上旬の事だ。

セミの合唱と食器を洗う音を耳に、閑散とした春日井食堂で頭を抱える。

学園経済新聞によると、花上グループが学園飲料を買収し、傘下に収める事を決めたらしい。

紙面にはその事が一面にでかでかと掲載されていた。

「翔、買収ってなんだ？」

傍らにいる笹錦耕一も、声のトーンを落として尋ねてくる。

「支配下に置くって事だよ。学園飲料が花上の子分になったようなものかな。ちなみに今回の買収で、学園飲料は花上グループと独占販売契約を交わしてる。つまり僕らが学園飲料の缶ジュースを仕入れようとすると、花上グループを仲介しなきゃいけない」

「仲介すればいいじゃねーか。売ってはくれるんだろ？」

「いいか、耕一。仲介するって事は、中間マージンを取られるって事だ。つまり、花上は缶ジュースを安く仕入れられるのに、僕らは絶対それより高くしか仕入れられない。いくらになるかわからないけど、五〇ホープでの販売はおそらくもう無理だろう」

「そりゃ、最悪のタイミングだな……」

そう、最悪のタイミングなのだ。僕らが自販機ビジネスを始めたばかりのこの時期に、ピンポイントで主要取引先である学園飲料の買収。偶然ならあまりにも出来すぎている。

「あの野郎……早速邪魔してきやがったな！」

新聞をくしゃくしゃに丸め、ゴミ箱に投げ捨てる。そして鞄を担いで食堂出口へ足を向けた。

「おい、どこ行くんだ？」

不穏な気配に眉を寄せる耕一へ、僕は怒りの笑みを向けてやった。

「戦の準備をする」

それから一週間ほどが経ったある日の事。

「一〇〇〇万ホープだ」

僕は春日井食堂のテーブルへ、アタッシュケースをどっかりと置いた。

耕一はケースに敷き詰められた帯付きの札束を唖然として眺めている。よほど驚いたみたいだ。

相変わらず春日井食堂は閑古鳥が鳴いている。昼飯時だというのに、客は僕ら二人だけだ。

他には厨房の婆さんと、割烹着を着てテーブルを拭く夢路さんしかいない。

「この金、どうしたんだ……？」

「学園銀行で借りてきた」

「借金って事か？　返すアテあるのかよ……？」

「アテがなかったら貸してもらえないよ。だから自販機ビジネスを担保にした」

この一ヶ月で僕らの大倉商業は、二〇〇万ホープの学費を投資して一五台の中古自販機とお掃除ロボ一台を購入し、一〇七万ホープを稼いだ。この勢いが続けば年間一二〇〇万ホープを超える。

まぁ学園飲料の値上げのせいでその予想も怪しい状況だけど、自販機ビジネスができなくなるわけじゃない。これを担保として、一〇〇〇万ホープの融資を確保したのだ。

「何に使うつもりだ？」

「それについては食べながら話そう。夢路さーん！」

僕がメニュー表を振ると、夢路さんは太陽のような笑顔を向けてくる。今日も可愛いなぁ。

「いらっしゃい、二人とも。ご注文はどうする？」

「夢路さんで」

「アホか、嫌われても知らねーぞ」

耕一が無粋にもツッコんでくる。

「ちがうぞ、僕は夢路さんお手製のみそ汁定食を頼んだのさ」

「顔がマジだったろーが」

「僕はいつだって大真面目だ！」

などとバカな話をしていると、夢路さんが楽しそうに笑った。

「二人とも仲が良いよね。いつも一緒に食べに来てくれるし」

「当然さ。僕と耕一はここのファンだからね」

「……まぁ否定はしないがな」

肩をすくめる耕一は無視して、僕は右手でVサインを作る。

「というわけでみそ汁定食二人前ね」

すると婆さんが厨房からしわくちゃの顔を出し、

「夢路、あんたも一緒に食べときな！」

「え、いいの？」

「構いやしないよ。どうせ客なんかいないんだし」

婆さんの中で僕らは客じゃないんだろうか？

まぁそんな些細な事はどうでもいい。おかげで夢路さんと一緒に食事をする場ができた。あの無愛想な婆さんもたまには良い事を言う。

そうしてみそ汁定食が目の前に並べられ、僕らは手を合わせた。

「うまい！　うまいよ夢路さん！　最高にうまいみそ汁だよ！」

「そ、そう？　今日の具材は海鮮なんだぁ。気に入ってくれた？」

「もちろんだよ！　このあさり最高にうまいよ！」

「うん、まぁ、しじみなんだけどね」

「本当に適当だな翔は……」

疲れたように息を吐く耕一。

「で、これからどうするんだ？」

「次はこのはつか大根の漬け物を食べようと思う」

「そっちじゃねーよ、金の使い道だ。一〇〇〇万ホープで花上とドンパチやるのか？」

「まさか。相手は一億をポンと出せる成金野郎だよ、一〇〇〇万ぽっちで相手になるわけないじゃないか」

「丸腰で抗議に行った奴がよく言うな……」

そう言われても、ホープを武器にするという発想があの時の僕に無かったんだから仕方がない。

「んで、花上が相手じゃないなら、誰と戦うんだ？」

僕はみそ汁を一口飲んでから、

「株式クラブの買収をする予定だよ」

「買収？」

「うん。缶飲料が仕入れられないなら、自前で作ってしまえばいい。そのための買収」

「それって大倉商業でやっちゃダメなの？」

夢路さんが小首を傾げた。

「事業を一からやると、軌道に乗せるまで時間もお金もかかるんだよね。自分の思うように経営はできるんだけど、機材を買わなきゃいけないし、人材だって集めなきゃいけないから、残り五ヶ月じゃとても間に合わない。でも買収なら既存のものをそのまま使っていけるわけだ」

「そっか」

納得したようにうなずく夢路さん。

「じゃあどうやって買収するの？」

「株式クラブの株を半分以上買い占めればいい。そしたら色んな権利が与えられて、僕らが部長を選ぶ事もできるようになる。更に三分の二を超えたら、特別決議――クラブの名前を変えたり事業を売却したりの重大な決定を一人で出来てしまう。そうなると実質その株式クラブは僕らのものになったも同然だ」

「うーん……よくわかんない」

「俺もわからん」

二人そろって口を尖らせる。夢路さんはいいが、耕一がやっても全然可愛くない。

「まぁ、簡単に言うと、株の保有比率は発言力の強さなんだ。一〇〇パーセントあるうち、五一パーセントを手に入れれば、残りは四九パーセントしかない。そうなると僕らより強い人がいないんだから、誰も反対できなくなるよね？　これが買収」

「なるほどー」

夢路さんはウンウンとうなずく。今度の説明は理解してもらえたようだ。耕一がまだ口を尖らせているのが気になるけど、まぁそっちはいいだろう。

僕はメモ書きで真っ黒になった生徒手帳をめくりながら、

「色々調べた結果、株式クラブ『スパークリン』を買収しようと思う」

この一週間で市場を調査し、目星を付けておいたところである。

普通、株式クラブには株式をいっぱい抱えている大株主がいて、その人は大体が経営者やその関係者だったりする。

でもスパークリンの場合、部長が三パーセント、副部長以下五名の部員達がそれぞれ二パーセントずつ、顧問の先生が一〇パーセントの自クラブ株を保有し、市場には七七パーセントもの浮動株があるのだ。

部員や顧問の持つ二三パーセントは動かないから、僕らは残りの浮動株を買い集める事になる。

耕一は白飯をかき込みモグモグしながら、

「スパークリン……聞いた事ねーな」

「小さいところだからね。部員も六人しかいないし」

「どんなクラブなんだ？」

「主に炭酸飲料を作ってるところだよ」

「ふーん、ロックバンドじゃないのか」

どっからロックバンドが出てきたんだ。そりゃどことなくハジけてそうな名前だけどさ。

「ちなみに主力製品はオリジナルブランドのサイダーやコーラ類。他に炭酸ミルクコーヒーとか緑茶コーラとか、最近だとおしるこソーダなんかも出してるね」

「うげえ……キワモノすぎるだろ」

まぁそうだなぁ。少なくともおしるこはソーダにしちゃダメだよなぁ。

「ともかくだ。スパークリンは缶やPETボトルの炭酸飲料を製造するクラブなんだけど、学園飲料に九〇パーセント以上シェアを奪われてる弱小クラブだから、あんまり儲かってなくてね。作ってるのもマイナーな炭酸飲料ばっかりで、将来性のある事業も特にない。だからこそ株価が安くて買収しやすく、狙い目なんだ」

「そんな儲かってないところを買収して大丈夫なの？」

「心配いらないよ夢路さん。スパークリンには運営資金が一〇〇〇万ホープくらいあって、買収すれば僕らがこれを利用できるようになる。しかも歴代部長達の経営方針は慎重策ばかりだったみたいで、借金がない。まぁそれもシェアを奪われた原因の一つなんだろうけど。とにかくお買い得というわけ」

「ならさっさと買収しちまおうぜ」

耕一が意気揚々と身を乗り出すが、しかし僕はそれを制した。

「まぁ待つんだ。買収するに当たって注意事項がある」

「注意事項？」

「何も言わずに株を買い集めたら警戒されるだろ」

あまり儲かっていないとはいえ、スパークリンの部員達だって一生懸命働いている。なのに自分のクラブが知らない奴に好き勝手されちゃたまらないだろう。

「そこで、まずは友好的ＴＯＢを考えてる」

「何だそりゃ？」

「株式公開買い付けだよ。友好的ＴＯＢはつまり、経営者のところへ行って『これこれこんな事業をしたいからおたくを買収させてください』ってお願いした上で、一般株主から株を買い集めるやり方」

「もし断られたらどうすんだ？」

「その時は買収の強行だ。問答無用でスパークリン株式を買いまくって、五一パーセント以上集める」

「集められなかった場合は？」

「そうなるともう敵対的ＴＯＢしかないね。経営者の承諾なしに、一般株主達へ『こんな事業をやりたいからスパークリン株を売ってください』ってお願いするやり方」

もちろん敵対的であるなら、スパークリン側は反抗してくるだろう。そのため僕らは株の買取価格を市場価格よりもかなり高めに設定しないといけない。株主をお金で誘惑するようなものだろうか。

買取価格が高くなるから、敵対的TOBは余計な金がかかってしまう。できる事なら友好的に済ませたいところだ。

「そういうわけで、僕らはこれからスパークリン買収のための準備が必要になる。二人にはそれぞれやって欲しい事があるんだ」

続きを促すようにうなずく二人。

「まず、夢路さんには商品企画を依頼したい」

「商品企画？」

僕はみそ汁を飲み干し、テーブルに叩き付けた。

「その名も『春日井食堂みそ汁缶』だ！」

「お椀壊れるから大切に扱ってね？」

「あ、ハイ……」

真顔で怒られてちょっとゾクゾクしてしまった。たまにはこういうのも良いかもしれない。

「とにかく、自販機でみそ汁が買える新時代を切り開くんだ！」

僕が拳を握り締めて熱く語ると、耕一は眉を変な形に歪めた。

「なんで新商品なんか開発するんだ？　普通の缶ジュースでいいと思うんだが」

「もちろん普通の缶ジュースも製造する。だけどそれだけじゃ今までと何も変わらない。幸いな事に、夢路さんのみそ汁のうまさは天下一品だ。一度飲めばリピーターも増えるだろうし、みそ汁缶そのものが春日井食堂の広告にもなる」

「それで新商品なのか？」

「そう。新商品開発は、スパークリンや株主を説得するための材料にもできる。これが自販機でいつでも手軽に買えるとなればヒット間違いなし！」

「うまいのは俺も認めるが……値段によるな」

耕一が難しい顔でうなった。まぁいくらうまくても、一缶三〇〇ホープとかじゃヒットはしないだろうな。

「ちなみに春日井さん、このみそ汁一杯の原価っていくらなんだ？」

夢路さんは「んー」と唇に指を当てながら、

「日によって具が変わるけど、大体一〇〇ホープくらいにしてるかな」

「たっけえ……。それって、みそ汁定食一食の原価三分の二がみそ汁代じゃねーか」

「おダシと具材に良い物を使ってるからね」

自信満々に小さな胸を張る夢路さん。素晴らしいドヤ顔である。

缶一つの原価は大体一〇〇ホープくらいだ。中身の原価が一〇〇ホープでは、缶飲料として商業ベースにはできない。ここは夢路さんの手腕に期待だな。

「じゃあ夢路さんには、一杯二〇〇CCのみそ汁を、原価一五ホープ以内で作れるレシピを開発して欲しい。期限は一週間後で」

夢路さんが一転、困惑した表情を浮かべた。

「でもうちのお店、お金ないよ？　営業資金もカツカツだし、借金もあるし。新しいおみそ汁を開発しようにも、今年度の学費さえ払えないくらいなんだけど……」

「それなら心配いらない」

僕はアタッシュケースから厚みのある封筒を取り出し、テーブルに置いた。その分厚さに夢路さんは目を丸くしている。

「え……と、これは？」

「五〇万ホープだ。このお金を開発資金にして、一杯一五ホープの夢路さん特製みそ汁を作って欲しい」

そう言って僕は問答無用でお金を受け取らせる。

「耕一はこれ」

次いで耕一に大倉商業の通帳を手渡してやった。

「俺はこれで何すりゃいいんだ？」

「僕らが交渉している間に、大倉商業名義でスパークリン株を四・九パーセントほど買っておいて欲しい」

「何も言わずに株を買い集めたら警戒されるんじゃなかったか？」

「それは無言で大量に株を買い集めた時の話だ。そもそも株は売り買いするものだし、普通に買う分には問題なんてないよ」

「そういうもんなのか」

「そういうもんだよ。もしも交渉が失敗したら、一気に株を買い集める。それで五一パーセントに届けばよし。届かなかったら、残りをTOBで募集するんだ。その時の株式保有比率は高い方がいい」

「ならなんで四・九パーセントなんだ？　どうせならもうちょっと、不審に思われない程度に買い占めた方が良いと思うんだが」

「大量保有報告制度ってのがあるんだよ」

通称『五パーセントルール』というやつだ。

誰かが株を大量に買うと、株価が乱高下する。その際、購入した側は状況を把握しているのに、その他大勢の個人投資家達はなぜ乱高下しているのかわからない。これはとっても不公平な事である。

だから株を五パーセント以上買ったら、当人が五営業日以内に学園の財務課へ報告しましょう、というルールがあるのだ。違反したら罰金である。

「つまり五パーセント未満が、ギリギリの数字ってわけ。だから四・九パーセント」

「だったらダチを一〇人くらい集めて、一人四・九パーセントずつ買わせりゃ良くねえ？　そうすりゃ気付かれない間に買収できるだろ」

「それだと全員ひっくるめて共同保有者とみなされるから、全員の株を合わせて五パーセントを超えた時点で報告義務が発生するよ」

「めんどくせえルールだな……」

　その気持ちはわかるけど、ルールだから仕方ない。

「ちなみに株ってのはいくらくらいだ？」

「現在のスパークリン株価は一四〇ホープだよ。発行済株式数は一〇万ね」

「ふむ……」

　耕一はポシェットから関数電卓を出した。何でも出てくるなぁ。

「五一パーセントを買い占めるには七一四万ホープ、六七パーセントだと九三八万ホープってところか」

　すると夢路さんが頰に指を当てて言った。

「もっとかかるんじゃない？　買えば買うほど市場に出回る分が減るから、需要と供給のバランスが崩れて値上がりしていくだろうし」

「なるほど。春日井さんちっちゃいのに頭いいな」

「わ、わたしはちっちゃくないよ！　成長途中なだけだよ！」

「そうだそうだ！　夢路さんはちっちゃくてぺたんこだからいいんだ！」

　ギロリ、と夢路さんに睨みつけられた。なんか言ってはいけない事を言っちゃったらしい。

「翔君きらい！」

　プイッとそっぽを向かれる。

「ま、待ってくれ……夢路さん違うんだ。誤解だ。僕はブツの大小に関係なく夢路さんの事がだね……」

「おーい、話進めようぜ」

　耕一の一声で気を取り直し、僕らは向かい合う。

「ちなみにＴＯＢってのは大体どれくらい値上げするものなんだ？」

「やってみない事には何ともだけど、まぁ敵対的なら一・五倍くらいを見ておいた方がいいかもしれない。相手が値段をつり上げる可能性もあるしね」

「ふむ……。俺らの資金が九五〇万ホープとして、五一パーセント買い占める場合、一〇七一万ホープくらいは必要って事か……。これいけるのか？」

　耕一は難しい顔でうなっている。

　その考えはわからないでもない。敵対的ＴＯＢになった場合、わりとギリギリの価格設定になるだろう。

部長が三パーセント、副部長以下五名が二パーセントずつ、顧問が一〇パーセント持っているんだから、市場には七七パーセントの浮動株がある。敵対すればこれを双方で奪い合うわけだけど、相手は最初から二三パーセントもリードしているのだ。こちらのスタートが四・九パーセントなのを考えるとかなり不利な戦いを強いられるだろう。

だけど、僕は断言してやった。

「問題ない、僕らが勝つよ」

「なんでそう言える？」

「説明しよう」

僕は不敵に笑い、秘密組織の幹部よろしく偉そうに手を顔の前で組む。

「独自調査の結果、スパークリンの顧問はロリコンだという事が判明した」

「は……？」

何言ってんだこいつ、とばかりに眉をひそめる耕一。夢路さんは「ろりこんって何？」とか言ってる。なんて純粋な子なんだろう。

「実はこの前、スパークリンの顧問の先生を尾行してたんだけど、そしたらちょっといかがわしい書店に入ってさ。なんか小さい子が気の毒な目にあう書籍を先生が買ってたんだ。その時の様子はスマホでこっそり動画に撮っておいたし、レシートも回収済み。揺るぎない証拠を押さえてある」

「おい、まさか……」

「そう……もはや先生は僕らの手駒。これでスパークリン株式の一〇パーセントはこちら側についたも同然！　耕一が買う分も含めれば、一四・九パーセントの状態から戦いを始められるわけだ」

「それ脅迫じゃねーか！」

唾を飛ばして叫ぶ耕一。ばっちい奴だ。夢路さんはまだ「ねえ、ろりこんって何なの？」とか言ってる。頭撫でてあげたい。

「いいか耕一。罪を憎んで人を憎まず、と偉い人は言っていた。先生は教育者でありながらロリコン書籍を買うという罪を犯したが、小さい子を愛でる気持ちは理解できる。だから僕は先生を断罪するのではなく、更生の機会を与える事にしたのさ」

「でもそれをネタに強請るんだろ？」

「まぁ、人によってはそういう風に見えなくもないかもしれないね」

「きたねぇー……」

この野郎、キレイゴトを抜かしやがって。

「汚くて結構！　人を守れない正義なんかに存在価値はない！」

どうせ失敗したら学費が払えなくなって、皆退学なんだ。ちょっと汚い手を使うだけで成功への道が開かれるなら、やるしかないじゃないか。大体、ロリコン本なんかを買う先生も悪い。

教育者としてあるまじき変態だ。

「とにかくそういうわけだ！　二人ともやる事はわかったね？」

僕は話をまとめにかかる。

「夢路さんはみそ汁缶の企画、耕一は四・九パーセントの株取引。僕は夢路さんのみそ汁企画が出来次第、スパークリン部室へ乗り込む。何か質問は？」

「うん、大丈夫だと思う」

「俺も今のところはない」

二人ともに首肯を返す。

「よし、では株式クラブ『スパークリン』買収作戦、始動だ！」

——などと意気込んで始めた買収作戦だけど、スパークリン株を買い集めるのは拍子抜けするほど楽な仕事だったようだ。

買収作戦開始から三日目、日曜日の昼の事である。

「もう四・九パーセント集まったのか」

「おう。四・九六パーセントまで買って、七六万八八〇〇ホープだった」

パソコンの前に座ってサムズアップを決める耕一。

ここは耕一の寮室である。小奇麗に整頓された一Kワンルームには、パソコンラックに折りたたみ式の簡易ベッド、それから本棚しかない。他は狭いキッチンとトイレ付きで、風呂は共用。大体僕の寮と同じ構成だ。

「買い進める間に一時は一七〇ホープ近くまで値上がりしたが、売り手が多くてすぐだったぞ」

「まぁ、学園飲料にシェアを九割以上も奪われているスパークリン株だからね。皆さっさと手放したくて仕方がなかったって事だろう」

話しながら、ふと本棚へ目を向ける。

そこには『猫でもできる株取引』や『株のいろは』などのタイトルが並んでいた。耕一は耕一で、スパークリン買収作戦のために勉強しているんだろう。さすがは僕の相棒、勉強熱心な男だ。

何となく、一冊手に取る。ページを開くと、なぜか年増のおばさんが下着姿でいかがわしいポーズを決めていた。

もう一度カバーを見てみる。タイトルは間違いなく『猫でもできる株取引』だ。でも中身はおばさんの半裸。これで一体何を取引するというのか。

……うん、見なかった事にしよう。

そっと本を閉じ、棚へ戻す僕。

耕一の方はまぁいいだろう。次は夢路さんだな。

その後すぐに春日井食堂へ向かうと、満面の笑みで夢路さんが出迎えてくれた。

今日も夢路さんはセーラー服の上に割烹着である。休日にも関わらず仕事に励むとは、なんて健気な子だろう。

「待ってたよ、二人とも」

そう言って僕らのテーブルへお椀をいくつも置いていく。全部で三〇杯はあるだろうか。

「夢路さん、これは？」

「試飲会だよ。翔君が前に言ってたおみそ汁缶企画の」

「もうこんなに作ったの？」

「うん。大変だったけど、お婆ちゃんにも手伝ってもらったからね」

夢路さんはお椀をそれぞれ指差しながら、

「白みそ、赤だし、麦みそで作ったおみそ汁ね。具材もオーソドックスなものから、海鮮風、豚汁風、白湯風とか色々。おダシは椎茸、鰹節、煮干しの他、カニ殻などなど。あと、これから暑くなる時期だから冷たいのもあるよ」

「これ全部、一杯の原価が一五ホープ以内？」

「そうだよ。具の量を調節して価格を抑えたの。粉末のカニ殻はちょっと高くて苦労したけど、お婆ちゃんのアドバイスでカニカマを採用したら、何とかギリギリ」

すごいバリエーションだ。さすがみそ汁マニアというべきだろうか。立ち上る湯気はどれも
食欲をそそるものばかりである。

「さ、どうぞ召し上がれ」

言われて僕はお椀の一つを手にし、一口飲む。

「うまい！　すごくうまいよ、このみそ汁！」

僕の雄叫びに、夢路さんは照れているのか頬を染めて手をモジモジさせている。

「そ、そう？　ちなみにそれは麦みそを使ったものだけど、どんな風においしい？」

「なんて言うか、こう、香りがほわわわわんって感じで……とにかくうまいよ！」

「ボキャブラリーなさすぎだろ」

冷静にツッコんでくる耕一。小うるさい奴だ。

そうして一品ごとに味見をし、ノートへ評価を書き込んでいく。

夢路さんはそわそわとエプロンを握り締めながら、

「二人とも、どれが一番おいしかったかな？」

「全部おいしかったよ！」

すると耕一が僕のノートを覗き込み、

「お前の評価は話にならんな……全部満点じゃねーか」

「実際に全部うまかったんだからしょうがない」

「俺はカニのみそ汁が一番うまいと思ったがな。冷たいやつ」

「夢路さんのみそ汁に優劣を付ける気か！」

「そのための試飲会だろうが！」

　そんな言い合いを繰り広げた末、ひとまずカニのみそ汁が新商品企画第一号に決定した。その名も『春日井食堂の冷製カニみそ汁缶』である。ほぼ耕一の一声で決まったようなものだ。

「でもまさか、たった三日でここまでバリエーション豊富に開発してくれるとは思ってもみなかったよ。今回選ばなかったものも、今後の新商品として出していってもいいかもしれない」

　夢路さんは照れたように頬をかく。

「翔君達はうちのお店のためにがんばってくれてるんだもん。わたしもお婆ちゃんもやれる事はどんどんやらなきゃ」

「翔はこの店のためってわけでもないけどな」

　耕一め、余計な事を言うんじゃない！

　夢路さんは不思議そうに目を瞬かせて、

「お店のためじゃないって？」

「もちろん夢路さん特製みそ汁定食のためさ！　そんな事より夢路さん、カニみそ汁のレシピをもらえるかな？」

「うん。レシピはもう完成してるよ。資料は明日までに用意できそう」

「よし。なら資料ができ次第、僕と夢路さんでスパークリンに乗り込もう。アポは僕が取っておくから」


その翌日、アポを取った僕と夢路さんは株式クラブスパークリンへと赴いた。

体育館サイズのトタン屋根の工場があり、銀色に光る二階建ての小屋が隣接している。春日井食堂よりも更に閑散とした場所だ。周りにはキャベツ畑が広がり、牧歌的な雰囲気がある。花上のビルも大概だったけど、こっちも別の意味で学園内とは思えない。

「いやぁ、お待ちしておりました」

揉み手をしながら営業スマイル全開で出迎えたのは、ボリュームのあるツインテールに白い肌の女子生徒だった。女子としては背が高く、胸元が大変窮屈そうに見える。

「ささ、狭苦しい事務所で申し訳ございませんが、どうぞこちらへ。副部長、こちらの方々にサイダーを入れて差し上げなさい！」

奥にいた男子生徒へ向けて女子生徒が叫ぶ。

招かれた小屋の中は、かなり異様な風景だった。

おそらく炭酸飲料であろう色んな空き缶が壁を覆うように飾られているのだ。しかもテープ

ルや椅子、棚に至るまで空き缶製ときた。

「とっても個性的なところだね」

感心したようにつぶやく夢路さん。

「そ、そうだね……うん」

個性的というか前衛的というか、もうこれ空き缶ハウスって言った方が良いと思う。

そして女子生徒の案内で二階の会議室へ向かい、交渉の場が開かれた。

「いやぁ、大倉商業様。ようこそおいでくださいました。わたくし、スパークリン部長をやっております、布施舞花と申します」

うやうやしく名刺を差し出してくる女子生徒――布施舞花さん。

そして四人分のサイダーを持ってきた副部長の男子生徒も名刺を渡してくる。こちらは部長と違って、どことなく冴えない感じの人物である。

「ごていねいにありがとうございます。僕は大倉翔です。こちらは僕の協力者で、春日井食堂を経営する春日井夢路さん」

「よろしくお願いします」

満面の笑みで応える夢路さん。営業スマイルでは見られない愛嬌を感じるのは、僕の色眼鏡ではないだろう。

「スパークリンさん、今回はお話の場を設けていただきありがとうございます」

「いいえこちらこそ！　炭酸飲料の仕入れならば、ぜひうちで！　サイダーコーラ栄養ドリンク、コーヒー甘酒ミルクココア、果てはカレードリンクにキムチミルクまで、ありとあらゆる炭酸飲料を取りそろえております！」

なんか後半が色々おかしい。飲み物かも怪しい液体を炭酸にしちゃダメじゃないかな。まぁ言わないけど。

「それで、この度はどういったご用命でしょう？」

「実はですね、スパークリンさんの買収についてのご相談をさせていただこうかと」

「買収……でございますか？」

「ええ。先日学園飲料が花上グループに買収されたでしょう」

「ああ！　あれはビッグニュースでございましたね！　おかげさまでわたくしどもの売り上げも右肩上がりですよ！」

やたら大げさに言う布施さん。

ライバル商品の実質値上げで、スパークリンの売り上げはちょっとくらい伸びてもおかしくはないけど、右肩上がりは言い過ぎのような気がする。まぁ営業トークだろう。

「それでですね。スパークリンさんの方で、こちらの夢路さんが開発した冷製カニみそ汁缶の開発を行いたいと思いまして、今回お話を持ち込んだ次第です」

「ほうほう、炭酸みそ汁缶でございますか。それはまた興味深い」

「いえ、炭酸みそ汁缶ではなくて、カニみそ汁缶です」

「炭酸カニみそ汁缶？」

なんで炭酸なんだよ。まず炭酸から離れろよ。

何だかこの人とは話が通じそうにないので、僕は隣へ顔を向けた。

「夢路さん、カニみそ汁の資料を出してもらっていいかな」

「うん、ちょっと待ってね」

ゴソゴソと鞄を漁り、ブツを取り出す。

「はい」

テーブルに置かれたのは魔法瓶と一〇個入りのプラカップである。

おかしいな……。たしか僕はカニみそ汁の資料って言ったと思うんだけど。何か間違えちゃったのかな？

「えっと、この水筒は何？」

「試作したカニみそ汁だよ」

「夢路さん、紙の資料はないの？」

「紙コップが良かった？」

「う、うん、まぁ、何でもいいや。それじゃ、こちらのカニみそ汁を飲みながら説明しましょうか」

話が進まなそうだったので、僕は自分で作ってきた事業計画書を出す。夢路さんもプラカップにみそ汁を注いでいった。

百聞百見は一験にしかず、と偉い人も言っていたしな。これはこれで資料としては良いかもしれない。

「これは……おいしいですね」

冷製カニみそ汁を飲んだ副部長が感嘆の息を吐いた。当然だ。夢路さんのみそ汁がうまくないわけがない。

夢路さんは満足気に微笑み、

「良かったら後で部員の方々にもどうぞ。皆さんの分も用意してきたので」

「ありがとうございます。そうさせていただきます」

礼儀正しくお辞儀する副部長。なかなか謙虚な人である。

そうして買収計画について一通りの説明を終えた時だ。

突如『ガンッ』と音を立てて、部長の布施さんがテーブルに足を乗せやがった。

「つまり何？　あんた達はウチを買収して、みそ汁作らせようって言うの？」

「は……？　まぁ、そういう事ですけど……」

「ウチが炭酸飲料を作ってるクラブだって、わかって言ってるのかしら？　ええ？」

すさまじい豹変っぷりで横柄に身を反らす布施さん。さっきまでの営業スマイルはどこへやら、顔つきは完全にヤクザのそれである。

「あの……部長、もう少し話を聞いてみては？」

副部長がおずおずと割って入るも、布施さんはコバエを払うように手を振る。

「ダメダメ！　あたしは認めないからね。こちとら炭酸飲料に命かけてんの。炭酸じゃないみそ汁なんか作るつもりないわよ！」

「しかし部長、今回の話はそこまで悪いものでは……」

「却下却下！　交渉決裂！　話は終わり！」

失敗か、途中まではうまくいきそうな空気だったのにな。でもよく見れば布施さんはみそ汁を一口も飲んでないし、最初から交渉の余地はなかったって事か。

深々と嘆息して、僕は席を立った。

「夢路さん、行こう」

「え、でも……」

「仕方ないよ。これだけ拒絶されちゃ、交渉の余地はなさそうだし」

「う、うん……」

夢路さんも腰を上げて部屋を後にしようとしたが、後ろ髪を引かれるように振り返り、

「あの……水筒は置いていくので、良かったら皆さんで飲んでくださいね」

「ふんっ、ウチに話持ってくるなら次から炭酸にしなさいよ！」

背中にそう吐き捨てられ、僕らは大人しく退散するのだった。


「ふむ、交渉決裂だったか」

「残念ながらね」

耕一の寮室で、僕は状況報告をしていた。

スパークリンとの交渉決裂により、買収合戦は確定的なものとなった。ならば今後やる事はもう決まっている。

「これから五日間、耕一はスパークリン株を買えるだけ買ってくれ。多少の値上がりは無視していいから、とにかく買いまくるんだ」

「翔はどうするんだ？」

「通常業務の合間にＴＯＢの準備かな。あとスパークリンのロリコン教師をそそのかしておく」

「平然とひでー事を言うな……」

今更そんな事言われても困る。悪いのはロリコン教師なのだ。

「とにかく五日後、スパークリン顧問教師の一〇パーセントを含めて、五一パーセント以上を買い占められたら良し。そうでなければ大量保有報告書の提出が宣戦布告になる。そこからは

TOB宣言でガチンコバトルだな」

敵対的TOBとなると、かなりの資金力が必要になる。できればこの五日以内で五一パーセントを手にしたいものだ。

「戦いはもう始まっていると言っていい。耕一、頼んだぞ」

「おう、任せとけ」

拳をぶつけ合い、僕らは行動を開始した。


耕一が買い占めを始めた事で、スパークリン株式の保有比率は順調に増えていった。

そして四日目には三一パーセントに達し、顧問教師の分を含めると四一パーセント、つまり残り一日で一〇パーセントを買い足せば、スパークリン買収は成功というところまで来た。

スパークリン株は二二〇ホープまで上昇。費やした資金は約六〇〇万ホープ。ここまでくれば何とかなりそうだと、僕らは一息ついていた。

問題が起きたのは、そんな矢先の事である。

「顧問が泣きながら土下座した……?」

耕一が困惑するように言った。春日井食堂のいつものテーブルで頭を抱える僕を、心配そうに見つめてくる。

今朝、スパークリン顧問教師を呼び出し、僕は例のロリコン書籍について話をした。そしてこの事実が露見するのを恐れるなら、僕らの側に付けと言ったのだ。

すると何をトチ狂ったか、顧問教師は泣きながら地面に額を擦り付け、聞いてもいないのに所持する全てのロリコン書籍を自白。あろう事か僕との話を含めてスパークリンの皆へ報告し、懺悔すると言い出したのだ。

まずい……とてもまずい。

顧問が部員達へ話す以上、この買収計画はすでに知られてしまっただろう。その上、顧問がこちらに寝返らないのだ。よって現在の株式保有比率は耕一が買い集めた三一パーセントのみ。残り一日で二〇パーセントを買い集めなければＴＯＢ開始である。

でもそれをするには資金が足りない。学園銀行はこれ以上お金を貸してくれないだろう。資金がなければ買収は失敗、莫大な借金と使い道のないスパークリン株だけが残ってしまう。

「……仕方ない。自販機と清掃業の資金を使おう」

学園銀行から借りた資金の残り三〇〇万に、自販機などの利益を足すと、四〇〇万超にはなる。スパークリンの株価がどこまで上がるか次第で先行きは見えないが、箸にも棒にもかからない状態だけは回避できるはずだ。

「おい翔、いいのかよ？　それ使っちまったら缶ジュースの仕入れができなくなるぞ？」

「いや、買収できれば道は拓ける。スパークリンには一〇〇〇万ホープの事業資金があるんだ。

とにかく買収さえできれば何とかなる」

「あら、取らぬ狸の皮算用？」

突然あざ笑うような声が降ってきた。

振り向いた先、食堂入り口に立っていたのは、スパークリン部長である布施舞花さんだった。副部長と四人の一般部員達を引き連れ、敵意に満ちた目を向けてくる。

どうやら一日早く戦いの火蓋が切られたようだ。僕は席を立ち、いつでも行動できるよう身構える。

「……何か用ですか？」

「この期に及んでしらばっくれるつもり？　あんた達がウチにケンカを吹っかけてきたんじゃない。だからあいさつをしに来てやったの」

布施さんは副部長が持つクーラーボックスに手を突っ込み、二五〇ミリリットル缶を数本取り出す。そのうち一本を僕に放り投げた。

「飲んでみなさい」

「飲めって……これを？」

「ええ、そうよ。それで買収を考え直すなら、今回の件は許してあげてもいいわ」

缶の側面には、黄色い液体が満たされたスープカップの上で弾けるコーンの粒が描かれている。

デザインだけなら美味しそうに見えなくもないのだが、隅に書かれた炭酸の文字が不穏な空気を醸し出していた。

「ちなみにそれ、今度発売予定の新商品で、炭酸コーンポタージュスープ。コーンのほのかな甘味とスープのとろみ、それから炭酸の刺激が絶妙にマッチした商品よ」

またわけのわからない飲み物だ。コーンポタージュを炭酸にするなと言いたい。

でもまぁ、ここで飲まないわけにはいかないだろう。

互いの新商品企画を比較検討した上で、どちらが上かを決めようって事だ。もしかしたら意外にうまいかもしれないし、まさか毒なんかは入れるまい。

僕は意を決してプルタブを起こし――

「ぶえええええッ⁉」

盛大に宙空へ虹を作った。

「何だよこれ、ねっとり系炭酸飲料とか斬新すぎるだろ！」

「あらあら、そんなに美味しかったの？」

「クソまずいよ！　こんなもん豚でも飲まないよ！」

意外にうまいかも、なんて考えた僕が愚かだった。こんな罰ゲームでしか使えない商品を世に出してはいけない！

布施さんはつまらなそうな顔で鼻を鳴らし、持っていた缶を副部長に向けて放った。

「……あっそ。まぁこんなのは新商品の宣伝でしかなかったけれど。そっちが買収をやめないならポイズンピルを発動するしかないわね」

「ポイズンピル……だと……？」

「なんだそりゃ？」

耕一が眉をひそめてつぶやく。

「買収防衛策の一種だよ」

全株主に新株予約権という株を新たに発行する権利を与え、買収者以外に行使させる事で、相対的に買収者の株式保有比率を強引に下げる方法だ。買収相手を呑み込もうとすると発動する事から、毒薬条項と言われる。

現在、僕らはスパークリン株式を三一パーセント保有している。しかし、例えば他の株主に新株予約権を保有株と同数与えたとする。すると市場の株式数が倍になるのに僕らの持ち株は変わらないので、保有比率が一八パーセント程度にまで落とされてしまうのだ。

「だけど発動するには株主総会なり取締役会なりで取り決めする必要がある。スパークリンはその用意がなかったはず……」

「たしかに用意はしてなかったわね。だから臨時株主総会特別決議での議決をホープで願う事にするわ」

「はぁっ⁉」

そんなのアリかよ！　いや、金額次第ではいけるのか……？　僕らを除くスパークリン株主達が納得する額を提示すればできるかもしれないが……事前通告もなしにいきなり発動するなど強引にも程がある。

「安心なさい。あんた達に新株発行は認めないけれど、代わりに損失分の金銭を支払うから」

「ずるいぞ！　僕だって株主なんだ、後出しじゃんけんみたいな理不尽なやり方には断固反対する！」

「お好きにどうぞ。だけどあたしのやり方が理不尽かどうかは株主総会で決められる事よ」

「くっ……」

もしこれをやられたら、僕らの株式保有比率が下げられてしまう。ただでさえ買収資金はギリギリなのだ、ポイズンピルが発動すれば勝ち目はない。

「無駄にお金がかかるしスパークリン株の信用も落ちるから、できればやりたくなかったけれどね……。あんた達が買収を強行するなら仕方がないわ」

鞄から赤いキャッシュカードを取り出す布施さん。どうやら本気を出すようだ。

特別決議を否決するには、三分の一以上の株式保有比率が必要だ。僕らは三一パーセント株主なので、あと三パーセント分の外部株主を味方にする必要がある。

だがホープで願われてはそれも期待できない。応戦しようにも僕の財布にあるのはたった一三一〇ホープ。布施さんの資金力がどれほどかはわからないけど、この額では何を願ったところで無駄だろう。

苦渋に表情を歪めながら、僕は大倉商業名義のキャッシュカードに手をかける。

「おい、翔!? その金を使っちまったら……」

「わかってる! わかってるけど……ここで負けたら未来はないんだ!」

「負けたら退学、だったかしら?」

布施さんは勝ち誇った笑みを浮かべながら言う。

「……なんでそれを?」

「買収を仕掛けてきた相手を調べるのは当然でしょう? 探偵を雇う程度のお金で願えばすぐだったわ。あんた達、今のビジネスに学費を全額投入したそうじゃない」

どうやらこちらの事情は知られてしまっているようだ。いくら注ぎ込んだかはわからないけど、こちらの資金力まである程度把握していると思った方がいいだろう。

「バカな事をしたわねぇ。普通に卒業すればそこそこの就職先を見つけられるのに」

「勝てばいいだけの話だ!」

とはいえ正攻法では勝ち目はない。どうする……?

そんな中、背後で七色の粒子が舞った。

誰かがホープを使ったようだ。

「……翔君、任せて」

セーラー服姿の夢路さんが僕の横に並び立つ。

先ほどまで着ていた割烹着を脱ぎ捨て、学園銀行のキャッシュカードを手にしている。

その額、八〇万。

「夢路さん……？」

「心配しないで、お金ならあるから」

確かにキャッシュカード裏の液晶には金額が表示されている。だが夢路さんはお金をほとんど持っていなかったはず。一体どこからこの資金を捻出したのか？

そんな疑問を察したか、夢路さんは言う。

「借金したの。春日井食堂の土地を抵当に入れてもらうよう、ホープで願って」

「しゃ、借金って……なんでそんな無茶を……」

「それはこっちのセリフだよ！　翔君達が学費まで出してるって、わたし知らなかった。どうして教えてくれなかったの？」

「そ、それは……」

「春日井食堂を助けるためにそこまでしてくれてるのに、わたしだけ傍観なんてできないよ！」

怒ったような表情を見て、僕はブン殴られたような衝撃を受けた。

確かにそうかもしれない……。夢路さんは優しい子だ。僕らが人生を賭けていたと後で知らされたら、心を痛めるに決まっている。

夢路さんに学費の事を伝えず行動したのは僕のエゴだ。真に彼女の事を思うなら、僕らの置かれた状況を伝えた上で、共に戦うべきだったのだろう。

「……ごめん、夢路さん」

声を落とす僕に、夢路さんはふっと笑った。

「いいよ。翔君達はうちのお店のためにがんばってくれてるんだもん。むしろお礼を言いたいくらいだよ」

「夢路さん……だけど、八〇万で勝ち目が……？」

「大丈夫、わたしに考えがあるの。信じて」

そうして夢路さんが前を向くと、布施さんは退屈そうにツインテールを手で払った。

「茶番は終わったかしら？」

「茶番じゃないよ。あなたがいくらお金を出そうと、わたしは負けない！」

「威勢だけは一丁前ね。でも八〇万程度じゃ何もできないわ」

「そんなのやってみないとわからないよ」

「あらそう……まぁいいわ。かわいそうだけど、スパークリンにケンカを売ったあんた達が悪いのよ」

キャッシュカードを指で挟む布施さん。夢路さんもそれを見て身構える。

そして――二人同時に願いを放った。

「ホープよ、株主総会でポイズンピルを議決なさい！」

「スパークリン株主さん達全員にうちのおみそ汁を飲ませてあげて！」

その瞬間、僕の舌に芳醇なみそ汁の味が広がった。二人の間に光の粒子が舞い踊り、布施さんの周囲の空間に亀裂が走る。

布施さんの願いが打ち消され、夢路さんの願いが勝ったのだ。

「そんな⁉」

布施さんの悲鳴。わなわなと打ち震え、目を泳がせている。

「ちょっとあんた！　何をしたの⁉」

夢路さんはキャッシュカードを胸に抱きながら、

「さっき願った通りだよ。株主さん達にわたしのおみそ汁を飲んでもらっただけ」

「そんな事で、どうして特別決議が否決されるのよ⁉」

「その特別決議って、わたし達のスパークリン買収を認めるかどうかを決めるものだよね？　冷製カニみそ汁缶という経営プランを持った、わたし達を認めるかどうか」

それを聞いて、布施さんは真っ青になった。

要するに、夢路さんは株主達を味覚で説得したのだ。春日井食堂のみそ汁のうまさをわかりやすく伝える事で、『ポイズンピルを否決し、そのまま買収された方が経営が良くなり儲かる』のだと。

炭酸コーンポタージュ缶と冷製カニみそ汁缶、どっちが売れるかは飲めばわかるという事だ。

「くっ……」

苦々しく僕らを睨む布施さん。まだ諦めていないようだ。

「副部長！　あんた今いくら持ってる⁉」

「さ、三万ホープですが……」

「ちょっと貸しなさい！　次はうまくやるから！」

だが、スパークリン副部長は重々しく言った。

「部長……もういいじゃないですか。我々の負けです」

「な、何を言い出すの⁉　まだ負けが決まったわけじゃないわ！」

「負けですよ、我々の。もう、諦めるべきです」

「どうしてよ⁉」

悲痛に叫ぶ布施さんへ、副部長はふくらんだ腹をさすりながら応える。

「春日井食堂のみそ汁は素晴らしい味でした。こんなにおいしいみそ汁、オレは未だかつて飲んだ事がない。冷製カニみそ汁の試飲をした時も思いましたが……今実際に春日井食堂のみそ汁を飲んでみて、確信しました。この商品は売れる。スパークリンで製造しているどんな炭酸飲料よりも優れていると」

副部長の言葉に、一般部員達もうなずいた。

彼らは皆二パーセント株主である。先ほどの夢路さんの願いを受け、そのみそ汁のうまさを認めたようだ。

「あんた達、本気で言ってるの……？　創業者様が泣くわよ⁉」

「部長が炭酸飲料を愛しているのはわかっています。小等部の頃、遊びに行ったら道に迷ってしまい、空腹と渇きの中で独り泣いていた時、スパークリン創業者が現れてサイダーを飲ませてくれたんでしょう？　素晴らしい美談だと思いますし、彼の事はオレだって尊敬していま す」

そんな逸話があったのか。いやでも、炭酸にしちゃいけない飲み物もあると思うなぁ……。

副部長は興奮が増してきたのか、徐々に語気を強める。

「ですが、いつまでも炭酸飲料に固執してはいけない。スパークリンは新たな道を切り拓くべきです。ご英断を！」

「いや！　あたしは炭酸飲料を作りたいの！」

「ご英断を！」

なおも詰め寄る副部長。その気迫に押され、布施さんは後ずさった。

「み……認めないわ！　あたしは絶対認めないから！」

「……なら、我々は大倉商業さんの側に付きます。顧問の先生も味方です。これで株式保有比率は二〇パーセント。大倉商業さんが現在何パーセント保有しているかはわかりませんが、いずれにせよ部長はたったの三パーセントです。勝ち目はありませんよ」

意外な展開に、僕らは顔を見合わせた。現在の株式保有比率は三一パーセントだから、副部長らと顧問の分を足せば五一パーセント。もう過半数に達しているじゃないか。

「この裏切り者っ！　地獄に落ちなさい！」

鬼の形相で副部長達を罵倒する。

そしてどう足掻いても勝ち目がないと悟ったか、半泣きになりながら、

「お、覚えてなさいよ――――っ！」

ショボい悪役みたいな捨てゼリフを吐いて、布施さんは一目散に逃げ去ったのだった。


そんなわけでスパークリン買収作戦は一段落した。

布施さんは部長を解任され、スパークリンの新たな部長は耕一に決定。僕が部長を務める大倉商業が大株主として、スパークリンの経営に関わっていく事となった。

それから三週間ほどが過ぎた頃だ。

「すごい……すごいぞカニみそ汁缶！」

混雑した春日井食堂の片隅で、僕は叫んだ。

耕一も売上報告書を眺めてうなっている。奴にとってこの状況は予想外だったんだろう。

冷製カニみそ汁缶の販売日、僕らは購入やレンタルなどで自販機を一二〇台調達し、全区画へ一気に展開。そして路上のティッシュ配りよろしく、バイトを雇って冷製カニみそ汁缶を一〇〇〇本配布し、宣伝を行った。すると販売開始後一週間で、一日一三〇〇本も売れる大ヒット商品となったのだ。

その後も数字は伸びに伸び、現在では冷製カニみそ汁缶だけで一日三〇〇〇本に届くかという勢い。これは学園にいる人間の七〇人に一人が毎日一本買っている計算である。驚異的な数字だ。

一缶五〇ホープと安く、おいしく、自販機でいつでも買える。そのため食事のお供として、あるいは小腹が空いた時のつなぎとして、口コミで話題になっているらしい。これほどの規模になるともはや僕らだけでは補充が追いつかないので、自販機補充のバイトを雇う事にした。

それと、当然の事だがスパークリンは普通の缶飲料も製造している。

炭酸への固執をやめた事、学園最大のコンビニチェーンであるスターマートから注文が来た事、ライバルである学園飲料が買収で実質値上がりした事などの影響で、売り上げは順調に伸びているようだ。

おかげでスパークリン株価は急上昇、現在では一株三〇〇ホープにまでなった。これにより大倉商業の保有するスパークリン株式は九三〇万ホープとなったわけだ。六〇〇万ほどで買ったものが、一・五倍にまで値上がりした事になる。

それだけじゃない。

「まさか、本当にカニみそ汁缶自体が広告になるとはな……」

「当然さ。夢路さんのみそ汁は天下一品だって言ったろ？」

冷製カニみそ汁缶のラベルには、春日井食堂の名と店舗の地図、それから夢路さんの輝くような笑顔が印刷されている。

そんな僕の狙いは的中したようで、春日井食堂は満員御礼……とまではいかないものの、飯時になれば一〇〇人分ほどある席の半分が埋まるくらいには客が来るようになっていた。爺さんが遺した数千万の借金はまだまだ残っているけれど、土地を抵当にした借金くらいならすぐに返す事ができそうだ。

食器の載ったお盆を手に忙しなく動き回る夢路さん。婆さんは厨房にかかりっきりで、注文から配膳、会計まで全部一人だから大変そうだ。

一応、客がセルフでできる仕組みにしてはどうかと提案したんだけど、夢路さんは「それじゃお客さんの顔が見えないよ」と頑なに現行の方式を変えなかった。

効率は悪いけれど、たしかに夢路さんの顔が見えるからこそ僕も来店しているわけで。そういう意味では、あながち間違った経営方針じゃないかもしれない。

「はい、二人ともお待たせ。ご注文のおみそ汁定食二人前ね」

「手伝おうか？」

僕の席までやってきた時、何となく声をかけてみる。

だけど夢路さんはかぶりを振った。

「ううん、大丈夫。皆がおいしそうに食べてるのを見ると疲れなんて吹っ飛んじゃう」

僕らの前にお盆を置いて、夢路さんは目を細める。本当に嬉しいとわかる笑顔だ。

「店員さーん、注文お願い！」

「はーい！　すぐ行きますね！」

「あ、夢路さんちょっと待って！」

去ろうとする夢路さんを、僕は呼び止めた。

「なに？」

「みそ汁が二つ多いよ？」

「サービスだよ！」

可愛らしくウィンクを返され、思わずドキッとしてしまった。客のもとへ走って行く背を呆然と見つめる。

「サービスだってよ。んじゃ、ありがたくいただくか」

「僕のためにみそ汁をサービスしてくれるなんて、夢路さんは天使にちがいない」

「俺の分もあるけどな」

「でも僕にウィンクしてくれたよ?」

「俺らに、だろ」

　いちいちうるさい奴め。

　だけど、時折目が合うと頬を染めながら手を振ってくれる夢路さんを見ると、そんな事はどうでもいいかと思えてくる。

　資産、一八五〇万ホープ。

　借金、一〇〇〇万ホープ+年一五パーセントの金利。

　一億ホープ稼ぐまで、僕は負けない。

第三章
激闘、
牛丼戦線
kimi no MISOSHIRU no
tamenara,boku wa oku datte
kasegeru kamo sirenai
CHAPTER 3

セミが大合唱する暑苦しい八月上旬の朝の事だ。

「なぁ、耕一。これなんだと思う？」

「牛丼屋だろう」

僕らが朝のあいさつの代わりに交わしたのは、そんなやりとりだった。

他の客が来る前に夢路さんの顔を見ようと、一番乗りで春日井食堂へと訪れたわけだが、どういうわけかその隣に、大手牛丼チェーン店『牛丸亭』ができていたのだ。

昨日までこんなものなかった。まさに一夜城と呼ぶべきスピード建設である。

困惑のままに春日井食堂へ入ると、やはり夢路さんも戸惑っている様子だった。

「あ、翔君おはよ。耕一君も」

「おはよう。夢路さん、隣のアレは何？」

「わかんない……。朝起きたら建ってたの。あれって兼光君のところのお店だよね？」

「そうなの？」

「うん。ずっと前にそんな話を聞いた事があるから、多分そうだと思う」

なるほど、つまりこれは僕らを抑えるための一手という事か。春日井食堂の真横に牛丼屋を作るとは、花上の野郎……敵意むき出しで攻めて来やがったな。

「あら、ごきげんよう」

その時、食堂入り口に一人の人物が現れた。

ボリュームのあるツインテールを揺らし、純白の肌を見せつける巨乳の女子生徒。笑顔とは裏腹に刺々しい目つきで僕らを睨んでくる。

元スパークリン部長、布施舞花さんだ。

「皆さんおそろいで悪事のご相談かしら？」

「何だよ、朝飯食いに来たのか？」

「まさか。今日からお隣で牛丸亭を経営する事になったから、お世話になったあんた達にごあいさつでもと思ったのよ」

「隣のアレはあんたかっ⁉」

「ええ、良かったら食べに来てくれていいわよ。それじゃ、お隣さん同士よろしくねぇ」

布施さんはぬけぬけと言い放ち、手をひらひらさせて出て行った。

一体何のつもりなんだ。いやまぁ、僕らの邪魔をしに来たんだろうけど。

それにしても、よりにもよって花上が運営する牛丼チェーン店のオーナーになるとは……。

「何だありゃ？　俺らに買収された腹いせか？」

「それもあるだろうけど、たぶん花上の奴の差し金じゃないかな。僕らに敵意を持ってるだろうし、おあつらえ向きの人材ってわけだ」

どういう経緯で知り合ったかはわからないけど、花上と布施さんが裏で繋がっていると見て間違いないだろう。

「これからどうする？」

耕一に言われて、僕は難しい顔でうなる。

「……ひとまず夢路さんには普通に営業してもらって、布施さんの狙いとか、売り上げへの影響を見よう。対策はそれからだ」


布施さんの狙いはすぐにわかった。

「牛丼並盛り二七〇ホープか……」

通常価格三七〇ホープから、開店記念セールと称して一〇〇ホープ割引だそうだ。

これは、春日井食堂で一番安いみそ汁定食より、三〇ホープも安い。しかも近隣の学生寮に五〇ホープ割引クーポン券を配りまくっているらしく、実質価格は牛丼一杯二二〇ホープという驚異的な値段である。

この開店記念セールは一一月末——つまり夢路さんの誕生日まで続けられるとの事。期間は実に四ヶ月！

しかも布施さんは時折春日井食堂へ顔を出し、いつまで開店セールをやるつもりだって話だ。

「すみません、この食堂で一番安い定食をお一つ注文していいかしら。まぁ！　一食、三〇〇ホープもするの？　なんて高いのかしら。これなら隣の牛丸亭の方が断然お得よねぇ」

なんて大声で叫びやがる。ひどい嫌がらせだ。

更に布施さんはみそ汁定食を食べ終え、お盆を下げに来た夢路さんに向かって、

「ねぇ、この店ってクーポン券ないの？」

「え、えっと……ないです」

「あらまぁ！　クーポンもないの？　残念ねぇ。お隣の牛丸亭なら五〇ホープ割引券をいっぱいもらえるのに。しかも今なら開店記念セールで一〇〇ホープ割引されてとってもお得なのに。あらあら、ほんと残念」

困り果てる夢路さんの前でこれみよがしにため息を吐き、春日井食堂を後にする布施さん。

いい加減むかっ腹が立ってきた。

「ちょっと牛丸亭に行ってくる」

「今みそ汁定食食ったばかりだろ？」

「今日は牛丼も食べたい気分なんだ」

というわけで僕は牛丸亭へ向かった。

店内は結構手狭で、コの字のカウンターの周囲に丸い椅子がキノコのように生えている。客入りは上々で、席の半分以上が埋まっている。店員は布施さんと、奥の厨房にいるバイトの二人だけのようだ。

布施さんは僕の顔を見るなりすごく嫌そうな顔をしたけど、そんな事は毛ほども気にせず平

然とど真ん中の席を陣取った。

「い、いらっしゃいませ……」

引きつった顔で僕の前にサイダーを置く布施さん。

なんでサイダーなんだよ。おかしいだろ、炭酸女め。

「ちょっと店員さん、牛丼にサイダーってありえなくない？　普通は水かお茶だよね？　絶対合わないと思うんだけど」

「ただいまサービス期間中で、お茶の代わりにサイダーを提供しております。それより、ご注文はいかがいたしましょう？」

「じゃあ牛丼並盛りを一人前。ちなみに、これって本来いくらだっけ？」

「三七〇ホープでございます」

「高いなぁ！　一食三七〇ホープもするの？　今話題の冷製カニみそ汁缶を七本買ってお釣りが出る値段じゃないか！　これって一番安いメニューだよね。開店記念セールとクーポン券がなくなったらどうなっちゃうんだろう？」

ギリギリ、と歯嚙みする布施さん。青筋を立てながらも、どんぶり鉢の載ったお盆をカウンター越しに渡してくる。

「……お待たせいたしました」

「えっ！　これが牛丼？　肉が透けて向こう側が見えるよ！　すごい包丁さばきだなぁ。まあ二二〇ホープならこんなもんかぁ。でもこれ、本来は三七〇ホープなんだよなぁ？」

「ちょっと！　黙って食べてくださらない⁉」

「ええっ⁉　客に向かって黙って食えだって！　すごいこだわりのあるお店だなぁ。頑固一徹って感じ？　本部へ知らせたらどうなるだろう？」

「くぅぅぅ……っ」

そんな感じで散々いびり倒し、牛丼を平らげて店を後にする。

これで夢路さんに嫌がらせをしたら僕に報復されると思い知った事だろう。


とはいえどれほど仕返しをしたところで何かが変わるわけでもない。

一日が終わってみれば、春日井食堂の売り上げは半分以下まで落ち込んでいた。今日の販売数は一〇〇食ほどである。

この結果は当然と言えば当然かもしれない。

貧乏学生が大多数を占める中、一食三〇〇ホープの食堂と、一食二二〇ホープの牛丼屋。価格だけ見ればどっちに行くかなんて考えるまでもない。

「まさかこんな事になるなんて……」

営業が終了した春日井食堂で、夢路さんはボソリとつぶやいた。割烹着の帽子を握り締め、涙を浮かべている。

そりゃそうだ。今日仕込んだ食材は三〇〇人前くらいあるのに、ほとんどが廃棄になってしまうんだから。みそ汁をこよなく愛する夢路さんにとっては身を引き裂かれる思いだろう。

「こうなったら春日井食堂も対抗して割引価格にしたらどうだ？　みそ汁定食を二二〇ホープにするとか」

耕一が提案したが、僕は首を横に振った。

「調べてみたけど、相手は学園全区画に一五〇もの加盟店を持つ大手チェーン店だよ。個人経営の春日井食堂と比べたらアリとゾウくらい規模が違う。価格競争を仕掛けたらまず勝ち目はないよ」

普通、商品は一個作るより一〇〇〇個作る方が単価が安くなる。生産ラインを機械化する事で大量生産できるからだ。

だけど個人店では大量の商品をさばききれない。店舗が一箇所では来客数にも限界がある。

そこで出てくるのがチェーン店だ。

チェーン店とは、本部と加盟店がフランチャイズ契約を交わし、同じ看板の下で鎖のように連なる店舗群である。本部が商品を大量に仕入れ、個々の店舗へ分配して売りさばくため、原価を安くできるのが特徴だ。

加盟店は、日々客商売をして金を稼ぎ、本部へロイヤリティとして儲けの一部を納める。本部はその見返りに、加盟店へノウハウを提供したり、宣伝や新商品の企画、食材の配達などのサポートを行う。そうして持ちつ持たれつの関係で成り立つビジネスモデルだ。

　加盟店の数だけロイヤリティが入るんだから、チェーンの規模に比例して本部の資金力は大きくなる。学園最大のコンビニであるスターマートに次ぐ規模と言われる牛丸亭本部が背後にある以上、仕入れ価格でも資金力でも、春日井食堂は圧倒的に不利なのだ。

「なら、いっそ高級志向にしたりはどうよ？　一食三〇〇〇ホープとかな」

「差別化は悪くないと思うけど……その値段じゃ売れないと思うよ」

「まぁ、そうだな……俺なら買わねーわ」

　自分で言ったくせに買わないのかよ。まぁ耕一の財布はいつもほぼすっからかんみたいなもんだけどさ。

　それはさておき、差別化自体は良い対抗策だろう。

「差別化を考えるなら、春日井食堂と牛丸亭の違いを挙げてみよう。そこから何か良い案が出てくるかもしれない」

「違い、ねぇ……」

　耕一はあごに手を当てて考え込む。

「まず、牛丸亭は大手チェーン店で、春日井食堂は個人店だろ。で、あっちは本部があるけど、こっちにはない」

「そうだね。あと、牛丸亭は一五〇店舗もあって、ネームバリューがある。春日井食堂も冷製カニみそ汁缶のおかげでそこそこ知名度はあるけど、店舗がここしかない」

「他には……。まぁ、牛丸亭の牛丼の味はそれなりだが、春日井食堂のみそ汁定食は毎日食えるってところか」

「毎日食える……？」

言われてみればそうだ。僕は毎日三食春日井食堂で食べている。日替わりでみそ汁の具や漬け物が変わるとはいえ、普通なら飽きてもおかしくないはず。

つまり他の要素では負けてるけど、味ではかなりのアドバンテージがあるんじゃないか？

「ふむ……もしかしたらこれはチャンスかもしれない」

「なんか思い付いたのか？」

「いや何、春日井食堂をフランチャイズ化するのはどうかと思ってね」

僕の言葉で、今まで無言だった夢路さんが顔を上げた。

「フランチャイズ化……？」

「そうだ。僕らで本部を作り、春日井食堂のチェーン店を増やす。敵がチェーン店なら、こっちもチェーン店になればいい。夢路さんのノウハウを個人経営者に提供して、ロイヤリティで稼ぐのさ」

「でも、うまくいくかなぁ？」

　不安げにうつむく夢路さん。今日の大敗で自信をなくしてしまったんだろうか。

　だけどそれは間違いだ。なんたって夢路さんのみそ汁は世界一うまいんだから。

「夢路さん。春日井食堂の今日の販売数はいつもの半分以下で、およそ一〇〇食くらいだったよね？」

「うん……」

「いいかい、逆に考えるんだ。立地条件はほぼ同じで、ネームバリュー、価格、どちらでも負けているのに、一〇〇食も売れてる。これって実はすごい事なんじゃないか？」

「それは……そうなのかな？」

「そうさ。この近辺には学生寮も少ないし、人通りもあまりない。しかも隣に安くて有名なライバル店まである。本来なら客がほぼゼロになってもおかしくない状況だけど、それでも一〇〇食を売り上げたんだ。夢路さんのみそ汁を求めて来店した人がたくさんいたって事だよ」

「そう……だね……」

「それに布施さんの経営する牛丸亭は、本部が割引の多用というテコ入れをしたからこその安さであって、最安値の牛丼でも本来は一食三七〇ホープだよ。二二〇ホープなんて値段は一店舗だからこそできているんだ。全店舗ではそうそうできるものじゃないんだから、価格面でも春日井食堂が勝っていると考えていい」

　徐々に夢路さんに表情が戻ってきた。希望が見えてきたんだろう。

その希望を裏打ちするがごとく、僕は固く拳を握り締め、断言してやった。

「春日井食堂をフランチャイズ化しよう。夢路さんのみそ汁は、牛丸亭なんかには絶対に負けない！」


夢路さんの許可が得られ、目下の方針は決まった。

春日井食堂フランチャイズ化計画である。

そのための会議はいつも通り、春日井食堂が営業を終了した夜に行われる事となった。

冷製カニみそ汁缶の成功以来、婆さんも僕らが真剣に取り組んでいると認めてくれたんだろう。今回は夢路さんも最初から会議に参加している。

「フランチャイズ化に当たっては、ある程度決まった手順があるそうだ。大雑把に分類すると次の四つになる」

一、経営理念の明確化。
二、収益予測。
三、事業のパッケージ化。
四、本部設立。

「経営理念ってのはなんだ？」

耕一が首をひねって言った。

「チェーン展開をしていく上での考え方かな」

「例えば？」

「例えば……『早い、安い、うまい』とか、『食と健康を提供する』とか。まぁ、皆がそれを聞いて何を目指す店なのか納得するような、わかりやすいものだ」

「なるほど、その店の存在意義って事か」

耕一は「ふむふむ」とか言いながらうなずく。

「ちなみに夢路さん、春日井食堂の経営理念は何？」

「えっと……みんなにおいしいおみそ汁を提供したい、かな」

「ならフランチャイズ化した時の経営理念もそれにしよう」

「おい翔、そんな簡単に決めていいのかよ？」

「いいさ。僕らがどんな美辞麗句を並べたところで意味はない。春日井食堂は夢路さんのこだわりが詰まった店だし、そんな夢路さんが好きだから僕はここにいるんだ」

「翔君……」

僕を見上げる夢路さんは、頰を染めて目を潤ませている。僕のあまりにストレートな好意にようやく気が付いたのかもしれない。

「ありがとう、翔君がわたしのおみそ汁を好きになってくれて嬉しいよ」

おかしいなぁ……。こんなに直球で言ってるのに、なんでみそ汁に変換されるのかなぁ。

まぁ夢路さんが天然で鈍感なのは今に始まった事じゃない。気を取り直して話を戻そう。

「次は収益予測だけど、これは加盟店と本部の両方で損益分岐点を考える必要がある」

「損益分岐点ってのは何だ？」

「収入から支出を引いたらゼロになる売り上げの事だよ。それを超えるかどうかが、事業が成り立つかどうかの一つの目安になる」

加盟店の場合、収入はもちろん商品の売り上げである。みそ汁定食を一食売れば三〇〇ホープの売り上げとなるわけだ。

そして支出は材料費、人件費、光熱費、ロイヤリティとなる。土地や物件が自分のものでないなら家賃なども発生するだろう。

時給九〇〇ホープの店員二人体制で朝七時から夜二五時まで営業する場合、人件費は三万二四〇〇ホープ。

仮に、一番安いみそ汁定食で考えよう。

一食の材料費が一五〇ホープで、加盟店に提供する際には配送料や手数料などを含めて一〇ホープ差っ引くとするなら、原価は一六〇ホープ。一食売れば粗利益は一四〇ホープだ。

一ヶ月の光熱費と家賃その他を合わせて一五万ホープかかるとするなら、損益分岐点は一日平均二六八食になる。それより上回った分が純利益となるわけだ。ロイヤリティが五パーセントとして、もし一日三二〇食売れれば月収二一万ホープ。立地条件と努力次第では店として成り立つだろう。

「一日三二〇食売るって結構キツくないか？　春日井食堂は一日二〇〇食くらいなんだろ？」

「なら、収入を増やすか支出を減らせばいい。削るとしたら人件費かな」

「人手が減ったら、それはそれでキツいだろ。ワンオペブラックバイトの典型みたくなっちまうと思うが」

「そこは工夫次第さ。例えば二人体制だけど、片方は給料半分で奥で待機とかね。常に客がいっぱいなわけじゃないんだし、忙しい時だけ応援してもらえれば店は回る。もし客がいっぱい来て一定時間以上働けば、相応のボーナスを支給すれば文句も出ないだろう」

「ふむ……一・五人体制ってわけか」

これを採用した場合の人件費は、一日二万四三〇〇ホープ。

家賃光熱費一五万ホープとして、みそ汁定食だけを売った時の損益分岐点は二一〇食だ。これならかなり現実的な数字になったと言える。

耕一はポシェットから出した電卓を叩きながら、

「なるほど……。がんばって一日三〇〇食も売れば、加盟店オーナーの月収は三六万ホープにもなるな」

「そう。ちなみにこれは一番安いみそ汁定食を基準にして考えたものだ。豚汁定食や粕汁定食なんかを頼む人がいれば、客単価が上がるから数字は変わってくる。あくまで最低ラインで一日二一〇食が損益分岐点だ」

「じゃあ本部の場合は？」

「本部の収入はロイヤリティと、加盟店への食材の売り上げだね。支出は食材の仕入れや輸送費、宣伝費、人件費、光熱費などなど。場所を借りるなら家賃も必要になる」

ロイヤリティが五パーセント、一日の平均売り上げ三〇〇食、一・五人体制でいくとすると、一店舗当たりのロイヤリティ収入は月一万九〇五〇ホープ。加盟店が五〇店舗なら、九五万二五〇〇ホープにもなる。

「あとは如何に作業を効率化し、支出を減らすかだね。みそ汁の製造はスパークリンへ外注すれば問題ないだろう。缶にしない分、製造費も節約できるはず。この辺は事業のパッケージ化の範疇と言えるから、その辺をもっと詰めないと損益分岐点は計算できないけど……おそらく加盟店は一〇店舗ないと成り立たないだろうね」

「なら事業のパッケージ化ってのは何だ？」

「簡単に言うと、効率化と安定性かな。誰がやっても同じ結果が出せるよう、専門知識や技術がいる要素を排除する事」

例えばカップラーメンを考えるとわかりやすい。

普通、本格的なラーメンを作ろうとすると、食材を切ってダシをとり、スープを作って麺を茹でたり盛り付けたり……といった手間がある。麺の茹で時間や温度の見極めは熟練の技がいるし、レシピが同じでもプロと素人ではラーメンの出来栄えも雲泥の差になるだろう。

だけど、カップラーメンはお湯を入れて三分待つだけで完成だ。そこに専門知識や熟練の技は必要ない。ただお湯を沸かして注ぐだけでいい。難しい事はカップラーメンのメーカーが全部排除しているわけだ。

「耕一は確か、去年まで工場のラインとか作ってたんだよね？」

「ああ、株式クラブ機械製造部の事な。もう潰れたが」

「なら耕一には、スパークリンで春日井食堂のメニューを量産するためのラインを設置して欲しい。スパークリンの事業資金、まだあるよね？」

「おう、業績アップで儲かってるからな」

そんならよし。

「じゃあ次は、本部の設立だね」

これについては、前の三つを細部まできっちり決めてしまえば書類を提出するだけである。

「場所をどうするかが問題だなぁ。春日井食堂から離れすぎても不便だろうし」

「翔君、わたしから提案していいかな？」

夢路さんが手を挙げた。

「もちろん聞くよ。どんな提案？」

「良かったらだけど、わたしの部屋を使わない？」

「えっ⁉　夢路さんの部屋？　いいの？」

「うん。食堂のすぐ裏にあるし、新しいところを借りるよりはその方がいいかなって」

「そいつは魅力的な提案だが、春日井さんの寝泊まりする場所がなくならないか？」

「耕一、寝床の心配ならいらない。空いてる物件ならたくさんあるさ。例えば、そう……僕の寮室とかね」

「お前の小汚い部屋に春日井さんを泊めるとか犯罪だろ、このロリコン野郎が」

「僕と夢路さんは同い年だろ！　というか熟女の半裸本を持ってるような変態にロリコンとか言われたくない！」

「てめぇ、なんでそれをっ⁉」

そんな会話の内容を理解しているのかいないのか。夢路さんは頬を染めて苦笑しながら、

「大丈夫だよ。普段は食堂にいるし、寝るところはお婆ちゃんの部屋があるから。わたしの部屋、あんまり使ってないしね」

「そういう事ならありがたく使わせてもらおうかな」

「うんっ」

元気よくうなずく夢路さん。役に立てる事が本当に嬉しいみたいだ。

「ひとまずそんなところかな。今後は忙しくなりそうだし、業務用お掃除ロボットによる清掃業はやめてしまおう」

「もったいなくねーか？」

「いや、だって一日二、三件しか仕事が来ないんだよ。時間管理と移動の手間もあるのに、これじゃほとんど小遣い稼ぎだ。投資した分は回収できたし、儲からない事業はさっさと切り離してしまった方がいい。何ならスパークリンの工場で使ってもいいよ」

これで大筋は大体決まった。

あとは僕らが行動するだけだ。

夢路さんの部屋は食堂の裏手、一軒家というには小さな建物だった。

何でもこれはユニットハウスだそうだ。規格化されたコンテナのような建物で、建設期間が極めて短く安価という特徴がある。

二階建ての四角い箱で、側面に簡素な階段が付いている。中はというと、一階に一部屋とキッチン、二階に二部屋、外にトイレという具合。風呂はなく、近くの銭湯通いとの事。夢路さんの部屋は二階だそうだ。

僕の寮室より若干狭いけど、物が少なくてキレイに整理されている。中央にはテーブルが一つ置かれ、座椅子にハート型の赤いクッションが載っていた。他には私服がかかったクローゼットに三段ボックスが三つ、教科書と料理関係の書籍が詰め込まれた本棚があるだけ。テレビやパソコンはないようだ。

半透明の三段ボックスをまじまじと見つめる僕。丸っこく畳まれたフリフリの布がおにぎりみたいに並んでいるけど、あれはきっと、そうなんだろう。

「ふむ……白とピンク系が多いな」

「おい、バレたら嫌われるぞ？」

「違うぞ耕一、僕はカーテンの色について言ったんだ」

「カーテンは黄色だろうが」

細かい奴め。カーテンの色なんてどうでもいいじゃないか。

そんな僕らのやり取りに気付く様子もなく、夢路さんは満面の笑みで僕らに向き直る。

「どうかな、使えそう？」

「うん！　とっても良い匂いがするよ！」

「バカ、変態扱いされても知らねーぞ？」

「いやいや。耕一が何を勘違いしたのかは知らないけど、僕は隣の食堂から香るみそ汁がとても良い匂いだと言っただけだよ」

「その割には部屋を嗅ぎ回ってるじゃねーか。犬かお前は」

「失敬な、これでも僕は人間だ」

「資本主義の犬になるとか言ってたくせによ」

それは犬だけど一応人間だと思う。

「とりあえずこれでフランチャイズ本部の場所は確保できた。あとは学園長に申請して、加盟店を増やしていくだけだ。二人とも、他に何かある？」

耕一が手を挙げる。

「そういや一つ提案があるんだが、いいか？」

「うん。何？」

「実は知り合いが昨年末にアグリカルチャーシステムって株式クラブを立ち上げてな。食材の調達をそこに協力してもらおうかと思うんだが」

「聞いた事ないクラブだけど、具体的に何してるところ？」

「非上場の零細クラブだから知らないのも無理はない。まぁ、植物工場で野菜を作ってるとこだ。完全無農薬で高品質な野菜を扱っててな。多少値は張るが、天候に左右されないから年中通して安定供給できる。前にトマトを食わせてもらった事があるが、苺みたいに甘かったぜ」

「なるほど、値段にもよるけど質がいいならいいと思うよ。今度夢路さんと見学しておこう」

「おい、さり気なく俺を置いていくな」

デートに付いてくるとは野暮な奴め……。

「いいか二人とも」

僕は背筋を伸ばし、将官のごとく胸を張って告げる。

「春日井食堂フランチャイズ化計画は、極めて重大な反攻作戦だ。これが上手くいけば、牛丸亭が占めるシェアを奪い取る事になり、花上グループへ少なからぬダメージを与えられるだろう。これはある種の商業戦争なんだ！　覚悟はいいか!?」

「うん！」

「おう」

耕一の奴、やる気ない返事だなぁ……。

「それじゃ、各員行動せよ！」

「おーっ」

右腕を挙げて気合いを入れる夢路さん。ポニーテールがピョコピョコはねて可愛い。

やっぱり彼女は天使だと思った。


そうして詰めるところを詰め、数日が過ぎた八月中旬。

フランチャイズの申請は完了し、春日井食堂はめでたく株式クラブとなったわけだ。

資本金は一〇〇万ホープで、夢路さんが五一パーセント、大倉商業が四九パーセントの株式をそれぞれ持っている。ちなみに部長は僕、副部長は夢路さんだ。

元からあった春日井食堂は、モデル店舗として夢路さんの下で運営され、今後は新商品や新サービスの研究開発などを担当してもらう。

今後の話をするため、僕と耕一は会議をする事になった。

場所は夢路さんに借りたユニットハウス二階の部屋、フランチャイズ本部だ。

衣服や下着の入っていた三段ボックスはすでになく、代わりにノートパソコンが三台置かれている。その内一台はテレビチューナー付き。部屋の内装はそのままなので、フランチャイズ本部というよりは、女の子の部屋に忍び込んだ感覚である。

「フランチャイズ化できたのはいいとして、今後はどう展開していくつもりだ？」

耕一が尋ねてきた。

「牛丸亭に打ち勝つためには、中央区画を制圧する必要がある。だから今後の目標は中央区画への進出だね」

金成学園の中央区画には、大体七万人が住んでいる。

学園の人口は約二〇万人だから、なんと三分の一以上が一つの区画に密集しているわけだ。

そしてそれに追従するように、牛丸亭も中央区画に多数の店舗を構えている。

中央区画はビジネス街が広がり、人口も多いため、一店舗当たりの集客率はすさまじい。そこを如何にして突き崩すかが勝負となる。

「だが、中央区画の物件は全体的に高いぞ。客は多いが、ライバル店舗だって多い。新規オーナーが集まるもんかね？」

「そこはまぁ、やり方次第だと思う。いきなり中央へ攻めるんじゃなく、まずは周辺区画で何店かオープンして、地力を付けてからでいいんじゃないかな。実績ができれば参入しようと思う人も増えるだろうし」

「ふむ……まぁ妥当なところか」

その時、不意に僕のスマホがメロディを奏でた。夢路さんから電話のようだ。

「もしもし夢路さん、どうしたの？」

《ちょっとテレビ見てくれる？　学園放送協会のチャンネル》

「いいけど、何かあったの？」

《今ね、牛丸亭の経営者さんが記者会見やってるの。なんか、牛丼並盛りを全店舗で一〇〇ホープ値下げするって》

「なんだって⁉」

慌てて僕はノートパソコンを起動し、学園放送協会のチャンネルを確認する。

テーブルには卓上マイクの他、水の入ったグラスと、名前と肩書が書かれた机上札が見える。

報道部や学園経済新聞部など、各報道関係クラブの記者達が大勢集まっていた。どうやら中央区画にあるイベントホールで生放送中らしい。

そしてその中心に、七三分けで小太りの男が映っていた。

「こいつかっ！」

「何だ、翔。知ってるのか？」

「ああ……。たしか花上マーケットビルへ乗り込んだ時、花上兼光と一緒にいた牛丸とかいう奴だ。なるほど、牛丸亭の部長だったのか……」

ある記者が手を挙げた。

《牛丸部長、この度の値下げはどういった意図で行われるのでしょうか？》

《はい。えー……景気低迷が叫ばれる昨今、皆様の財布事情は苦しいものとなっているかと思われます。学園の皆様の食を預かる我々牛丸亭としては、この問題にいち早く取り組み、安価で高品質の牛丼を提供していきたいと、そう考えての今回の決定でございます》

するとまた別の記者が立ち上がる。

《それはつまり、コスト・リーダーシップ戦略を採るという事でよろしいでしょうか？》

《もちろんその側面もあります。ですが、おいしい牛丼を安価に提供したい、というのが何よりも我々の本音です》

野郎……何が『おいしい牛丼を安価に提供したい』だ。自分が牛丼みたいな体型しやがって。タイミング的に、春日井食堂のチェーン展開を妨害しにかかってるとしか思えないじゃないか。

「コスト・リーダーシップ戦略ってなんだ？」

耕一がペンをクルクル回しながら聞いてくる。

「ライバルより商品を安くして、マーケットシェアをぶんどっちまおうって戦略の事だよ。嫌なら周りも追従して価格を下げなきゃいけないから、あたかもコストでリーダーシップを取ってるかのように見えるってわけ」

牛丸の宣言で、牛丸亭の牛丼並盛りは全店舗で二七〇ホープとなった。春日井食堂のみそ汁定食よりも安くして、客を呼び込もうってわけだ。

「なるほど。周辺区画で地力を付けてから、なんて悠長な事は言ってられないな……。どうするよ？」

「このまま手をこまねいてはいられない。こうなったら牛丸亭に対抗して、こっちも一気に攻勢に出よう」

「何か考えがあるのか？」

僕は不敵に笑い、言ってやった。

「僕も記者会見をやる！」

記者会見のために資料を作成する事、三日間。

昼下がりの晴天の下、南東区画にある報道部会議室へと僕は単身やって来た。牛丸亭が使ったイベントホールと比べて一回り小さい建物だ。

記者会見なんて生まれて初めてだけど、思いのほか緊張はない。もしかしたら花上に対する怒りの方が大きくて、感覚が麻痺しているのかもしれない。

見たところ記者は五〇人くらい集まっているようだ。僕が資料を手に壇上へ上がると、あちこちからフラッシュが焚かれた。

記者会見が始まると、適当に記者達へあいさつの言葉を並べ、僕はいの一番に結論を述べてやる。

「我々春日井食堂チェーン本部は、九月末日までに申請された新規加盟店オーナー様方へ、一店舗当たり一〇万ホープを、中央区画へ出店されるオーナー様方には二〇万ホープを支援いたします！」

僕の宣言で会場がざわついた。

記者の一人が手を挙げる。

「資金面での支援策は、無利子で貸し出しという意味でしょうか？」

「いいえ、返さなくていいという事です。九月末日までに契約していただける新規オーナー様に限り、支援金は一ホープたりとも返還する必要はありません。開業したばかりで加盟店の少ない我々は、スピードを何よりも重んじているのです」

また違う記者が挙手する。

「では中央区画への出店の場合が二〇万ホープなのは、どういった戦略なのでしょうか？」

「中央区画は人口が密集しているため大きな集客数が見込まれます。しかしその反面、家賃が高くライバルも多いので、新規オーナー様にとってかなりの負担となるでしょう。そこを支援する事で、春日井食堂を学園の台所として皆様に認知してもらう戦略です」

更に別の記者が言う。

「先日、花上グループ傘下の牛丸亭が、牛丼並盛りの大幅値下げを宣言したばかりです。中央区画へ進出となりますと、かなりの激戦が予想されますが、具体的にどのような経営戦略をお持ちでしょう？」

「正面突破するまでです。牛丸亭さんは優れた経営をなされていると思いますが、我々が負ける事は万に一つもありえない」

「すごい自信ですね……。もしよろしければ、その自信の根拠となるものを教えていただきたいのですが」

「いいでしょう。実に簡単な質問です」

僕はしばしの間を置いて記者達を睥睨し、拳を握り締めて言い放つ。

「春日井食堂のみそ汁は、世界で一番うまいのです！　牛丸亭さんが如何に抗おうと、我らの勝利は揺るがないでしょう！」

その瞬間、どよめきと共にフラッシュが激しく瞬いた。

この日の記者会見により、テレビやネットニュース、各新聞には次のような見出しがでかでかと掲載される事になった。

『春日井食堂、牛丸亭に宣戦布告！』


「しっかし、思い切った事をやったな」

みそ汁を箸でつつきながら、耕一は肩をすくめた。

「世間は完全にみそ汁と牛丼のタイトルマッチみたいになってるぞ。大丈夫なのか？」

「こういうのは思い切りが大事だ。春日井食堂の宣伝にもなって一石二鳥だよ」

記者会見で大見得を切ったおかげだろう。新規オーナーからの応募が多数集まり、本部設立からわずか二週間で中央区画に二店舗、周辺区画に七店舗の、合計九店舗がオープンする事となった。

店舗は、自前の物件を持っているならそれを、無ければ安価なユニットハウスを提案し、スピード重視の展開である。

牛丸亭は中央区画を中心に、全区画へ一五〇店舗も展開する怪物だ。現時点での戦力は二〇倍近い開きがある。まずはこの差を埋めなくてはならない。

「だが、金をばら撒いて本当に良かったのか？　返って来ないんだぜ？」

「別にドブへ捨てたわけじゃない。あの金は未来への投資だよ」

僕は耕一に言い聞かせてやる。

「フランチャイズの強さは、加盟店の数に比例する。つまりこの戦いは、どれだけ味方の加盟店を増やし、敵の加盟店を圧倒するかが勝負の分かれ目になるわけだ。だからこそスタートダッシュでブーストをかけたのさ」

「そのブースト代で自販機の売り上げが三分の一近く吹っ飛んだがな」

「たった三分の一だ。あと三ヶ月で一億稼がなきゃならないんだから、そのくらい端金だよ」

「一一〇万ホープが端金とか言われると、なんか金銭感覚おかしくなってくるな……」

しみじみとつぶやく耕一。

先日まで僕も貧乏学生だったんだ、気持ちはわからないでもない。

だけど、自販機の儲けを食い潰してでもやるべきだと踏んだのだ。なぜなら加盟店が提供する汁物を、スパークリンが製造しているからである。

取りも直さずそれは、加盟店増加に比例してスパークリンの業績が上がるという事であり、株価が上昇して大倉商業の資産が増大する事をも意味する。現に、スパークリン株価は四一〇ホープにまでなり、大倉商業の保有する株式は一二七〇万ホープに達してなおも上昇中なのだ。

「ひとまず出だしは好調だ。春日井食堂のチェーン展開は新聞を賑わせたし、夢路さんの店舗の売り上げも一日三〇〇食に達したよ」

「その分、お隣さんは四苦八苦してるみたいだな」

耕一の言う通り、布施さんの店舗は売り上げが低迷しているようだった。

牛丸亭は、元より学園のどこでも食べられる牛丼屋チェーンだ。わざわざ学園の隅っこにある布施さんの店舗まで足を運ぶ客なんかほとんどいないし、価格が安い他には取り立てて目に留まる要素もない。質で勝る春日井食堂がネームバリューを得た以上、こうなるのは必然だったのだろう。

「まぁ、僕らは敵を心配してる余裕なんてない。今は店舗を増やす策を考えていこう」

まだまだ安心はできないのだ。宣戦布告をした以上、牛丸亭は次なる手を打って来るはず。

その予想は八月下旬のある日、現実のものとなる。

《牛丸亭は、九月末日までに新規オープンされるオーナー様に対して、三〇万ホープを支援い

たします》

　本部でテレビから放たれたその宣言に、僕ら二人は度肝を抜かれた。

　言ったのはもちろん牛丸である。真っ昼間にまたもやイベントホールで生放送記者会見なんぞをやりやがったのだ。

「あの野郎……僕の作戦を叩き潰しに来やがったな！」

「敵もさるもの、か……。どうするよ？　こっちも支援金を上げるか？」

「そんなの無理に決まってるだろ。資金力では牛丸亭の方が圧倒的に上なんだぞ」

　もし僕らが『支援を四〇万にします』と言ったとする。でもそこで牛丸に『じゃあウチは五〇万で』と返されたら勝ち目はないのだ。イタチごっこに付き合えるほど僕らの財布は豊かじゃない。

「だが、何らかの対策をしないとまずいだろう」

　それもわかっている。わかっているけど、どんな手があるだろう？

　考えていると、耕一がパッと表情を明るくした。何か閃いたようだ。

「既存の店舗と提携したらどうだ？」

「提携って、何を？」

「既にある他業種の店舗を間借りする形で展開していくんだ。例えば、大手ファミレスの『スカーレット』辺りはアリだろう」

「確かスカーレットって花上グループだったと思うけど」

「じゃあ喫茶店チェーンの『しずく珈琲』でもいい」

「それも花上グループだね」

「『ひまわりパン』は？」

「花上グループだよ」

「花上ばっかじゃねーか……」

「そりゃあ飲食業界を牛耳ってるとこだからね」

耕一は渋面を作り、アゴをさする。

「なら『スクールバーガー』なんかどうだ？　ちと規模が小さいが、根強い人気があるチェーンで、花上とも無関係のはずだ」

「面白い案だけど、あれって東側区画にしか展開してなかったはず。それに提携したとして、ハンバーガー食べに来た人がみそ汁飲むかな？」

「……飲まないだろうな」

僕の返しで妙に落ち込む耕一。それだけ会心の案だったのかもしれない。ちょっと悪い事をした。

だけど、案自体は面白いと思う。提携先の条件としては、新規店舗の開拓に意欲的で、春日井食堂と親和性があり、なおかつ花上の息がかかっていない大手チェーン……。

「……スターマートだ！」

学園御三家の一つであり、花上グループと正面から張り合える最大手コンビニチェーン。これほど適任は他にないだろう。

「スターマートがどうした？」

「耕一の案を採用するって事だよ。スターマートなら冷製カニみそ汁缶の取引をしてるし、提携してもらえるかもしれない」

「コンビニでみそ汁定食を出すのか？」

「そうさ。コンビニと食堂を合体させるんだ。ほら、イートインコーナーとかあるだろ？　あれを大きくしたと思えばいい」

「ふむ……店内で飯が食えて、買い物もできるのか」

「そういう事。早速資料を作ってアポを取ろう！」

「ならこれを使え」

耕一が名刺を一枚手渡してくる。飾りっけのない極めてシンプルなデザインだ。

「中等部一年、星住きらり……？」

「スターマートの部長さんだ。前にスパークリンへ来たんだ」

なるほど。缶飲料の仕入れとかの関係でかな？　大手なのに下っ端の営業とかじゃなく、トップが自ら動くのはすごい。

「多少気難しい女だが、話しやすいと思うぞ」

「わかった、電話してみるよ。ありがとう！」

その後、資料を作成してから連絡を入れると、ものの一分で話は了承、その日の内にアポが取れてしまった。それも電話して一時間後に会ってくれるという。

星住きらりさんとやらは、よほどの暇人か、めちゃくちゃアクティブな人なのかもしれない。


スタ一マ一ト本部ビルは、東区画の中央にあった。

庭園で飾られた花上グループのミラ一ビルみたいな派手さはないけど、立派で落ち着いた雰囲気のインテリジェントビルである。

中へ入ると、受付のお姉さんの案内で部長室へと向かう事になった。お姉さんがドアをノックし、開く。

そこにいたのは、中等部のブレザ一を着てプリ一ツスカ一トをはいた、ショ一トボブで小麦肌のボ一イッシュな少女だった。夢路さんほどではないが背は小さく、分度器みたいなジト目が僕を射抜いてくる。

「ようこそスタ一マ一ト本部へ。どうぞ座ってください」

「あ、どうも失礼します。わたくし、大倉商業部長の大倉翔です」

名刺を渡すと、相手も僕に差し出してくる。スパークリンの時はまだ作ってなかったから、僕にとってこれが初めての名刺交換だ。

この子が星住きらりさんか……確かに気難しそうな顔だ。

「それで、スターマートと提携をしたいとの事でしたね。お話を聞きましょう」

「はい。実は先日、春日井食堂がチェーン展開する事になりまして、スターマートさんと共同で運営する一体型店舗の提案をお持ちしました」

「提携の条件は？」

「条件は、一体型店舗のロイヤリティを半々。それと大倉商業が持つ春日井食堂チェーンの株式を、一〇パーセントほど引き受けていただければと」

「他には？」

「新規加盟店に対する支援も共同でしていただけると助かります」

「我々のメリットは何でしょう？」

ガンガン核心を突いてくるな。まぁ変に口達者な奴よりは話しやすいけど。

僕は持ってきた資料を広げながら、

「今後の新規店舗を開拓する上で、商品数の増加、利便性の向上、売り上げの向上などが見込めると考えてます。詳細な数字は資料をご覧ください」

星住さんはサッと資料に目を這わす。

「提携するメリットについて、もう少し具体的に」

「簡単に言いますと、コンビニのイートインコーナーを拡大したようなイメージです。テーブルでコンビニ弁当を食べてもいいし、定食を食べながらペットボトルのお茶を買って飲んでもいい。通常なら別々の店舗に行かないといけなかったところ、一体型店舗へ来れば買い物ができてご飯も食べられるんです。とても便利だし、集客率も上がって双方の売り上げも向上すると思います」

「商品数の増加について詳しく」

「えーとそれはですね、例えばスターマートさんだけで新たにみそ汁定食という商品を提供しようとすると、お金や時間をかけて開発しないといけませんよね。でも春日井食堂と提携すれば、既に存在するみそ汁定食を売る事ができるわけです」

星住さんはほんの一〇秒ほど目をつむる。そしておもむろに口を開いた。

「春日井食堂の株式五〇・一パーセントであれば、その条件でお引き受けしましょう」

……主導権を寄越せ、と来たか。しかし春日井食堂は夢路さんの魂だ。ほいほい売り渡すわけにはいかない。

「五〇・一パーセントはちょっと……」

「なら、春日井食堂へ九〇〇〇万ホープの増資をしましょう。それでは？」

「いやその……だとしても、五〇・一パーセントはかなり厳しいですね。二〇パーセントでは

どうです？」

「三三・四パーセント」

三分の一超か。過半数の株主よりは権利の範囲が狭いけど、特別決議を単独で拒否する権限が手に入るから影響力はかなり大きい。とはいえ九〇〇万の増資は助かるし、どうしたものか。

「うーむ……」

「新規加盟店に対する資金援助もスターマートが全額負担します」

「え、本当ですか？」

「これでもダメなら交渉決裂ですね。今回の話は無かったという事で」

「あ、ちょ、待ってください！」

「良いですよ。一分待ちます」

一分しか待たないのかよ。ひどい女だ。

僕は必死に考えを巡らせる。

要するに『金を出すから権利をもっと寄越せ』という条件だ。こちらとしてもさほど悪い話じゃない。何だか彼女の術中にハマっている気がしないでもないけど……スターマートを味方に引き込めるなら、それもアリのような気がする。

「あと一〇秒です。この話は無かったという事で――」

げ、もう時間か。というかなんで一分なんだよ、五分くらいくれよ。

なんて事を言えるわけもなく、僕は慌てて顔を上げた。

「わかりました！　その条件でオッケーです！」

星住さんはニコリともせずにうなずいた。実に無愛想な女である。

「では確認します。提携した店舗のロイヤリティを均等に分配。スターマートが春日井食堂へ九〇〇〇万ホープの増資。春日井食堂の株式三三・四パーセントの買い取り。それから新規加盟店に対する資金援助をスターマートが全額負担。この四つの条件で間違いありませんね？」

「はい……間違いありません」

「では他に何かありますか？」

「えっと……それだけです」

「ではお話は終わりですね。詳細はまた後日詰めましょう。私は次の打ち合わせがありますので、この辺で」

あれよという間に話がまとめられ、僕はビルの外へ出る運びとなった。

耕一が言ってた『気難しいが話しやすい』ってのは、本当にそのままだった。

それにしても僕より三つも年下なのに、まるで先生に叱られている気分だったのはどうしてだろうな。さすがは御三家のトップを張るだけはあるという事だろうか。

その後、スターマートとのスピード提携により、状況はトントン拍子に進んで行った。

　この一件はニュースにもなり、話題のおかげで加盟店は一気に増加。まだ九月上旬なのに、春日井食堂加盟店は二七店舗にまで増えていた。この前までたった九店舗しかなかったのに、凄まじい伸び方だ。スターマートさまさまである。

　だけどこれを面白く思わない人間が学園内にいるわけで。

　花上の嫌らしい攻撃は、すぐさま明らかとなった。


『牛丸亭、新たに牛みそ汁定食を投入。春日井食堂へ攻めの一手』

　学園経済新聞の夕刊一面を飾ったのはそんな見出しだった。

　夜中に本部で新聞を広げながら、耕一と夢路さんは難しい顔になる。

「なんで今更新商品なんだ？　しかも牛みそ汁定食って……漬け物の代わりにミニ牛皿が付いただけじゃねーか。パクリかよ」

「耕一の言う通り、パクリだよ。多分、味も似せてきてるだろう。値段も三〇〇ホープで一緒だしね」

「つまんねー事やりやがるな……」

　眉間にシワを寄せる耕一。夢路さんは黙したまま新聞の文字を目で追っている。

「つまんない手だというのは同感だけど、有効だよ。敵は同質化戦略を採ったんだ」

「同質化戦略……？」

「何だそりゃ？」

夢路さんは目を瞬かせ、耕一は首をひねった。

「春日井食堂の一番の売れ筋はみそ汁定食だよね。店に来る大半の客が、夢路さんのみそ汁を求めて店に来てる。だけどもし同じ物が牛丸亭でも販売されたら、みそ汁を求めて来ていた客はどうなると思う？」

「そりゃあ……牛丸亭に何割か流れるんじゃないか？」

「そう、客が奪われるんだ」

業界を率いる大手に対し、規模の小さい挑戦者は差別化戦略で対抗するのが一般的だ。大手にはない高品質な新メニューを出せば、一定の客層をつかむ事ができる。

でもそこで大手がライバルを模倣し、同じ新メニューを提供したとする。

すると『どっちに行っても同じ物が食えるんだから、よく知ってる方の店に行くか』と人々に思わせる事ができるわけだ。相手と同質化してライバルの動きを封じる事からその名が付けられたのである。

「うちのチェーンはオープンしたての店ばかりだ。早めに対策を打っておかないとまずいかもしれない。二人とも、何か良い案はある？」

「……わたしに任せて」

夢路さんが不意に立ち上がった。若干の幼さが残るその表情には、しかし決然とした意志が感じられる。

「何か思い付いたの？」

「うん。さっき翔君、同質化戦略っていうのを教えてくれたよね？　わたしね、他の事はダメダメだけど、料理だけは自信があるの」

それは僕も認めるところだ。天然で鈍感でたまにドジっ娘だけど、夢路さんの料理は本当にうまい。でもそれと同質化戦略に何の関係があるのか？

「……夢路さん、まさか？」

「そのまさか」

僕が言うよりも早く、彼女は力強くうなずいた。

「わたしも牛丼を作る。こっちもその同質化戦略っていうのをやろうよ」

「春日井食堂で牛丼を、か……」

僕は腕を組み、考える。

本来、同質化戦略はマーケットシェアにおいて主導権を握る大手の側が仕掛けるものだ。僕ら挑戦者側が採るべき戦略じゃない。同じ戦略を採った場合、得てして規模の大きい側が勝つからだ。

だけど、料理の腕前で夢路さんと肩を並べられる人など、この学園には一人もいないと僕は断言できる。そして春日井食堂の新規店舗の多くは一体型店舗だから、スターマートの威光にあやかる事もできるだろう。

これは賭けだ。夢路さんを信じるか、否か。そして彼女の腕前を知っていれば、信じる以外の選択肢などありえない。

決意と同時に顔を上げ、僕は彼女へ向き直った。

「……わかった。夢路さんに任せよう」

「うん！　見てて、本家の牛丼よりもおいしいのを作るから！」


その二日後の朝、春日井食堂モデル店の大鍋にはすでに牛丼の具材が煮込まれていた。そのおいしそうな香りは食堂の外まで漂っている。もう前を通っただけで食欲がそそられてしまうじゃないか。

「もうできたの？」

「うんっ！　がんばったよ！」

元気よくうなずく夢路さん。恐るべき開発速度だ。

「もう用意してるんだけど、試食してみてくれる？」

「もちろんさ！」

「じゃあ持って来るね！」

そう言ってトタトタと駆けてゆき、お盆を手に戻って来る。

差し出されたのは見事な牛丼だった。湯気の立つご飯の上に牛肉や玉ねぎ、白ネギが盛りつけられ、甘辛い香りのつゆがたっぷりとかかっている。

「うまい⁉」

一口食べた瞬間、僕は思わず叫んでいた。

牛肉はトロトロになるほど柔らかくて、玉ねぎや白ネギはホクホク。全体的につゆが絡んでしっかり味が付いている。

「何だこれ、すごいよ！　こんなにうまい牛丼、今まで食べた事ないよ！」

「えへへ。でも一杯四〇〇ホープになっちゃうんだけどね。牛丸亭の価格と同じにしたら、どうしても味が落ちちゃって……」

「いや、これでいい。このうまさで四〇〇ホープならむしろ安いくらいだよ」

「そ、そうかな？」

「そうさ。いいかい、僕らは規模で牛丸亭に負けている。だから価格競争をしちゃダメなんだ。安さで惹きつけた客は安さですぐ離れていくし、大手ほど価格を安くしやすいからね」

そう説明すると、夢路さんも納得してくれたようだ。ひまわりのような満開の笑顔を僕に向けてくる。

その時、食堂入り口に人の気配がした。

立っていたのは、ボリューミーなツインテールの女子生徒。隣で牛丸亭オーナーをし、夢路さんに嫌がらせを仕掛けてくる炭酸女こと布施舞花さんである。

「こっちから牛丼の匂いがすると思ったら……あんたも作ってたの……」

布施さんは目の下にクマを作り、髪もちょっとほつれ気味。表情もどんよりと曇っていて何だか疲れた様子だった。

「何の用だ？」

「別に……敵情視察よ」

「その割にはいつもの覇気がないな……」

そんな僕の怪訝な眼差しを気にした風もなく、布施さんはテーブル席にどっかりと腰を据えた。朝飯食いに来たのかよ。

「とりあえず、牛丼を一杯いただこうかしら」

「悪いけど、まだ試食段階だぞ」

「お金なら払うわよ。いくら？」

「四〇〇ホープだけど……って、金の問題じゃなくてさ」

けれど夢路さんが僕の袖を引っ張ってくる。

「いいよ、食べてもらおうよ。せっかくいっぱい作ったんだし」

言われて僕も考える。

……まぁ牛丸亭は元々牛丼屋なんだから、メニューをパクったりはできないか。食べたところでレシピまでコピーできるわけもなし。

「夢路さんがそう言うなら……」

「じゃあ用意するね！」

そうして持って来られた牛丼をひとしきり観察し、匂いを嗅ぎ、箸で肉を広げたりした末、布施さんは「いただきます」と手を合わせた。

「……っ!?」

一口食べた瞬間、布施さんは目を大きく見開いた。まるで落雷を受けたみたいな表情だ。

「どう？　おいしい？」

「……ふ、ふん。ふぇふにたいひたことないふあね。うひのひゅうほんのほうがやふいひ」

一瞬たりとも箸を休めずパクパク食べながら言う布施さん。説得力など微塵もない。せめて口の中の物を飲み込んでから喋ってくれ。

食べ終えるのはあっという間だった。作法もヘッタクレもなく、猛練習を終えた野球部員のようにガツガツとかき込んだのだから当然だろう。

「ふぅ、ごちそうさま。極めて普通の牛丼だったわ。あまりにも普通過ぎて全然大した事なかったわ。うちのより高いし」

頬にごはん粒を付けて負け惜しみのように言い放つ。そして布施さんは四〇〇ホープをテーブルに置き、ふらふらと食堂を後にした。

「何だったんだろう？」

「仕事しすぎで疲れてるんじゃないかなぁ。最近ずっと一人で営業してるみたいだし」

「バイトは？　たしか数人いたよね？」

「ここしばらく見てないよ。うちのお客さんも心配してるみたいだけど、聞いても教えてくれないんだって」

なるほど……。布施さんはオーナー自らワンオペで働き詰めなのかもしれない。もしそうだとしたらとんだブラック企業だな。

夢路さん特製牛丼発売から一週間が経った、九月中旬。

「やったよ翔君！」

「うわっ⁉」

朝、いつも通り春日井食堂へ顔を出すと、割烹着姿の夢路さんが抱き付いてきた。

小さいながらも柔らかい体が押し付けられ、心臓が破裂しそうなほど跳ねまわる。

「な、何？　どうしたの？」

「あっ……」

我に返ったのか、顔を赤くして離れる夢路さん。もうちょっとくっついてても良かったのに。

彼女は手に持っていた週刊誌を開き、

「あの、これ読んで」

『春日井食堂が牛丼業界に殴り込み！　牛丸亭加盟店から悲鳴も』

ページには鮮烈な見出しが躍っていた。

牛丼屋よりうまい牛丼、奇跡のどんぶり飯、記者もハマった――などなど。記事の内容も夢路さんの牛丼を絶賛する言葉が並んでいる。

なるほど。これだけ褒められたら、そりゃあ嬉しいだろう。一食四〇〇ホープと本家より高いけど、それを物ともしない売れ行きに業界全体が驚いているらしい。あと牛丼開発者である夢路さんの可愛さについて言及しているところもポイントが高い。

「ふむ、この記者はよくわかってるな」

「あれ？　驚かないの？」

「この結果は僕にとって当然過ぎて、驚くに値しないよ。夢路さんが作る牛丼なら世界一おいしいに決まってるからね」

「え、えっと……うん、ありがと」

手をモジモジさせながら赤くなる夢路さん。頭を撫でてあげたい。

さておき、夢路さんの牛丼のおかげでかなり優位に立ったと言っていいだろう。

現在、春日井食堂の加盟店は着々と増え、中央区画に一一店舗、周辺区画に三一店舗の、合計四二店舗にまでチェーンは拡大している。

中央区画に出店した加盟店は軒並み一日五〇〇食以上を売り上げ、常時三人体制でないと回らないほどの繁盛っぷりだ。

逆に言うと、それだけライバル店舗の客を奪っているという事でもある。文字通り、牛丸亭の加盟店オーナー達から悲鳴が上がっているわけだ。

一部のオーナーは早々に牛丸亭に見切りを付け、春日井食堂に乗り換える事態にまで発展している。まるでオセロみたいな状況である。

一連の流れは、業界全体を震撼させる事となった。

その余波かどうかは知らないけど、布施さんの店はシャッターが下り、『本日休業』なんて張り紙がしてある。ここしばらく働き詰めだったみたいだし、それもしょうがないだろう。彼女の安眠を、少しくらいなら祈ってやってもいいかもしれない。

「ねぇ翔君、耕一君はどうしたの？」

ふと思い立ったように夢路さんは言った。

「そういえば今朝は見てないな」

「いつも翔君と一緒の時間に来るのに、どうしたのかな？　二人の朝食はもう作っちゃったんだけど」

「連絡してみるよ」

僕はスマホで耕一に電話をかけてみる。だが繋がらない。一分くらいコールしたけど、まったく反応はなかった。

「出ないの？」

「うん。まだ寝てるのかも」

「起こしてあげた方がいいんじゃないかな？　朝ご飯食べそびれたら可哀想だし」

「それもそうだね。まったくしょうがない奴だ……」

やれやれ、と肩をすくめ、僕は耕一の寮へ向かう事にした。

耕一の寮は春日井食堂からさほど離れていない場所にある。大通りからほど遠く、路地裏と言って差し支えない場所に立つボロい学生寮だ。

耕一の部屋は二階である。

着いてすぐインターフォンを押してやる。だが何の返事もない。何度か押してみたけど、中からは物音一つ聞こえなかった。

「おーい、耕一。いないのか？」

どこかに出かけたのだろうか？　でもこんな朝早くに飯も食わず耕一が出かける用事なんてそうそうないと思うんだけどなぁ。

疑問に思いながら踵を返すと、遠目に高等部の制服を着た男女二人が歩いているのが見えた。片方はふさふさのツインテールに白い肌で、肩に通学鞄をかけた女子――あれは布施さんじゃないか？

もう片方は……ここからじゃ誰かわからないけど、男子生徒なのは間違いない。向かう先はおそらく南東区画公園だろう。

何だか嫌な予感がした。

「まさか、耕一の奴……？」

急いで僕は二人の後を追う。

朝方なので歩いている人がほとんどおらず、見失う事はなかった。横から観察してみたけど、やはり間違いない。あれは耕一と布施さんだ。彼女が牛丸亭を本日休業にしたのはこのためだったのかもしれない。

やがて南東区画公園たどり着いた。体育館やプール施設が隣接する裏手まで二人は進み、僕も茂みに隠れて程よい距離を取る。

布施さんは腰に手を当てて大きな胸を張り、

「笹錦君、朝っぱらから呼び出してごめんなさいね」

「別に構わんが、俺に何の用だ？」

「あなたと取引がしたいの」

「取引だと……？」

「そ、取引。あなたが持ってる大倉商業の株を全部売って欲しいのよ」

嫌な予感は当たりだったようだ。

そして同時に、僕は自分が致命的なミスを犯していた事に遅まきながら気付いた。

どうして僕は五一パーセント持っておかなかったんだ……っ！

大倉商業は、僕と耕一が一〇〇万ホープずつ資本金を出して作った株式クラブである。つまり、僕と耕一がそれぞれ五〇パーセントずつ株式を保有しているのだ。

株式保有比率とは所有権の比率であり、経営方針を決める際の議決権の強さでもある。

僕らは互いに仲間と認め合い、協調しながら大倉商業を経営してきた。耕一が僕に経営方針を委ねてくれていたからこそ、今まで滞りなく事業展開ができたのだ。

だけどもし、耕一の持つ五〇パーセントの株式が、僕に敵意を持つ第三者の手に渡ってしまったらどうなるか？

簡単だ。これからの事業が滞るのである。

スパークリンの株式三一パーセントも、春日井食堂チェーンの株式一五・六パーセントも、大倉商業名義で保有している。それらに対する影響力も、当然ながら大倉商業の株主——僕と耕一にある。

第三者が耕一から株式を買い取ったとして、僕を妨害したければ、僕が何かを決定しようとする度に反対すればいい。それだけで大倉商業は鎖で縛られたみたいに身動きが取れなくなってしまう。

顔から血の気が引き、手が震える。まだまだ蒸し暑い季節なのに、冷や汗がどっと噴き出していた。

耕一は布施さんの顔をじっと見つめながら、

「……ちなみに買い取り価格はいくらのつもりだ？」

「そうね、一〇〇〇万ホープでどうかしら？」

「五〇パーセントを一〇〇〇万だと？」

「ええ。もしOKしてくれるなら今この場でお渡しするわ」

耕一は訝しげに布施さんを観察する。彼女が肩にかける通学鞄に注目しているようだ。

「そんな大金を持っているようには見えないが……」

「小切手に決まってるでしょう？」

布施さんが鞄から紙切れを出した。金額が書かれていない小切手だ。

「……質問してもいいか？」

「いいわよ」

「大倉商業は自販機でチマチマ儲けるだけの零細クラブだ。借金も一〇〇〇万ホープある。そんなクラブの株式に一〇〇〇万もの価値があるとはとても思えないが」

その評価は正確じゃない。僕らは学園の全区画に一二〇台の自販機を持っている。一台当たり一日平均八〇本くらい売れており、諸経費を差っ引くと年間四〇〇〇万ホープほどの利益を上げる計算だ。

しかも、大倉商業はスパークリンと春日井食堂チェーンの大株主でもある。

創部から日が経っておらず不安定というマイナス面まで考慮したとして、どんなに安く見積もっても七〇〇〇万、条件次第では一億だって狙えるだろう。

布施さんは仄暗い笑みを浮かべていた。おそらく買い取り価格を値切るために、耕一の評価が誤りだと知った上で、あえて指摘していないのだろう。

「あなたが価値を決める必要はないわ。大事なのは、売るか売らないかよ」

「なぜ大倉商業の株を欲しがる？」

「理由なんてどうでもいいじゃない。欲しがっている人がいるから買うの」

「ほう……？　欲しがっている人がいるのか」

布施さんの顔が歪んだように見えた。小さく舌打ちの音が聞こえてくる。どうやら今の返答は失言だったようだ。

「あれこれ詮索するのはやめてちょうだい。それより売ってくれるの？」

耕一は腕を組み、難しい顔で何事かを考え込んでいる。数十秒が経過したが、沈黙したままだ。僕は祈るような気持ちで奴の横顔を注視する。

やがて耕一はゆっくりと口を開き、言った。

「……一〇〇〇万じゃ安いな。値段によっては考えてもいいんだが」

その言葉を聞いて、僕は胸が締め付けられる思いだった。あいつなら、一も二もなく断ってくれると心の何処かで信じていたのだ。

だけど全ては後の祭り。悪いのは耕一じゃない。こういう事態を想定し、対策してこなかった僕が愚かだったんだ……。

布施さんはつまらなそうに鼻を鳴らして、

「なら一二〇〇万でどう？」

「ダメだな、安すぎる」

「一三〇〇万」

「一〇億だ」

思わず僕は顔を上げた。一瞬、聞き間違えかと思った。

見れば、布施さんも目を剝いて固まっていた。驚いたのは僕だけじゃなかったようだ。

「じゅ、一〇億ですって……？　あなた、桁を間違えてないかしら？」

「間違いなく一〇億だ。びた一文まからんぞ」

耕一の声は真剣そのものである。奴は本気で、大倉商業の株式五〇パーセントを一〇億で売ると言っているのだ。

布施さんは一気に不機嫌になったようだった。眉を寄せて口元を歪めている。

「とても割に合わないわね。一億ホープでも高すぎる」

「なら交渉決裂だな。腹が減ったから俺は帰る」

「待ちなさい！」

踵を返そうとする耕一を、布施さんは苛立たしげに呼び止めた。

「なんだ？　一〇億払う気になったか？」

「あんた、それ本気で言ってるの？」

「そのつもりだが」

「あのね、さっきあんたが言った通り、大倉商業の株式は一〇〇〇万ホープの価値もない。それをあたしは親切にも一三〇〇万ホープで買い取ると言ってるのよ？」

その言葉を、耕一は一笑に付す。

「親切だと？　冗談も休み休み言え。大倉商業は、自販機ビジネスだけでも月商一〇〇〇万ホープ以上。そして俺達が三一パーセント保有するスパークリン株価は、今や五〇〇ホープを超えている。その資産価値だけでも一五〇〇万以上あるだろう。更に一五・六パーセント保有する春日井食堂チェーンは牛丸亭を圧倒する勢いで急成長中。一三〇〇万どころか、その倍でも安すぎる」

「くっ……」

ギリギリ、と歯噛みする布施さん。

「俺を無知蒙昧なド素人と見たお前の判断ミスだ、猛省しろ」

耕一の奴、わざと大倉商業を過小評価してたのか……。それで相手の油断を誘ったと。

考えてみれば耕一もスパークリン部長だし、部屋には株関係の本がいっぱいあった。中身は熟女の半裸本だったけど、本来の中身だってどこかにあるはず。あいつ、本当に勉強してくれていたんだな。

「……だったら五〇〇〇万ホープ出すわ。それならいいでしょう？」

「お前は話を聞いてなかったのか？　俺は一〇億なら考えてやってもいいと言ってるんだ」

「今売れば、あんたはほんの数ヶ月で五〇〇〇万を稼いだ事になるのよ？」

「そんな端金を稼ぐために、俺は翔に手を貸したわけじゃない」

「なら……一体何のためなのよ!?」

「春日井さんが好きだからだ」

その言葉に、僕はぶん殴られたようなショックを受けた。呼吸する事さえ忘れるほど、目の前のやりとりに見入ってしまっていた。

夢路さんが好き……？　耕一が？

耕一は淡々とした口調で話を続ける。

「俺は春日井さんが大好きだ。そして春日井夢路さんを大切に想う大倉翔という男を、俺は何よりも代えがたい親友だと思ってる。あいつほど他人のために人生を懸けられる奴を、俺は今まで見た事がない。あいつほど春日井夢路さんを大切にする奴を、俺は今後見る機会はないだろう。そんなバカで一途で真剣な奴だからこそ、俺は手を貸そうと思ったんだ」

耕一の心の内を知って、僕は先ほどと違う意味で震えていた。僕の本気の思いを、あいつは誰よりも理解してくれていたんだ。

「……自分の気持ちに嘘を吐いてまで、大倉君を助けるというの？」

「嘘なんか吐いてないぜ。これが俺の本心なんだからな」

「バカな男……。もういいわ、それなら力ずくでねじ伏せるから」

「っ⁉」

布施さんが鞄に手を突っ込み、耕一も財布を手に身構えた。

「……何を願うつもりかは知らんが、他人の株を奪い取るようなのは叶えられないぜ？」

「別に奪ったりしないわ。極めて真っ当な事を願うだけよ。でも、そうね。特別に教えてあげる。あんた達の仕入先に圧力をかけようと思っているの」

「何……？」

「株式クラブアグリカルチャーシステムへ、あんた達の関連クラブに商品を卸さないように伝えるのよ」

アグリカルチャーシステムと言えば、耕一が見つけてきた食材の仕入先だ。僕も植物工場の見学に行ったけど、なかなか質が良かったので今では春日井食堂でも一部利用している。

「バカ言うな、そんな事できるわけが……」

「できるわよ。拒否すれば花……他の取引を全部やめさせると言えばいいんだし」

その言葉で、耕一は顔を真っ青にした。

一体何の話をしてるんだ……？

確かにここを抑えられると多少痛手ではある。スパークリンとの取引が始まってからは、植物工場をみそ汁の具材生産に特化し、安定供給できるよう動いてくれているし。

だがこの辺は畑が多く、農業クラブや農学部の学生なんかも集まっている。おいしい野菜の取引先なんて探せば他にもあるはずだ。

そんな疑問は、次に発せられた布施さんの言葉で氷解した。

「そういえばアグリカルチャーシステムの経営者って、去年潰れた株式クラブ機械製造部の元部長さんだったかしら？」

「てめぇ……きたねぇぞ！」

「あらあら、負け犬の遠吠えほど見苦しいものはないわねぇ」

……なるほど。

つまるところ、私情を突いた作戦というわけだ。

詳しい事は知らないが、耕一がかつて所属していた機械製造部の元部長という事は、それなりに親しいのだろう。ビジネスの方でも資本関係がないのに協力的に動いていたようだし。

そこに圧力をかけるという事は、その関係を破壊するようなものだ。

「まぁでも、あたしだって鬼じゃないわ。あんたが大倉商業の持ち株を全部譲ってくれるなら、圧力をかけるのはやめておいてあげる。素敵な取引でしょう？」

「ふざけるな！　そんなやり口が通るわけないだろうが！」

「なら抵抗する？　別に構わないわよ。あんたの資金力でできるならね」

「上等だ！　やれるもんならやってみやがれ！」

耕一と布施さんが財布からキャッシュカードを抜いた。

そして互いに睨み合い、高らかに願いを放つ！

「アグリカルチャーシステムの取引すべてに圧力をかけなさい！」

「布施舞花の願いを打ち消せ！」

双方に七色の粒子がきらめいた。

耕一の周囲がヒビ割れたように、その空間を歪める。

布施さんの願いが勝ったのだ。

「バ、バカな……こっちは二〇万以上使ったんだぞ。てめぇ、いくら注ぎ込んだんだ!?」

「言う必要はないわね」

耕一は崖っぷちに立たされたように苦渋の表情を見せる。

この様子だと奴の資金は尽きたのだろう。

「でもあなたが大倉商業の株を譲ってくれるなら、この願いは取り消してもいいわよ。株はちゃんと買い取るし、アグリカルチャーシステムについても悪いようにはしない。どうかしら？」

布施さんは更なる一手を打ってくる。

追い詰めるだけではなく、交渉の逃げ道を用意していたわけだ。

僕らがアグリカルチャーシステムを切り捨てるのはたやすい。でもみそ汁の具材生産に特化して機材をそろえた矢先となると、新しくできたばかりの零細クラブではやっていけないだろう。僕らが切り捨てずとも、花上グループとの取引がなくなれば、耕一の友人は大量に在庫を抱えて破産してしまうかもしれない。

僕は財布から一〇〇ホープ硬貨を取り出した。

「布施さんの願いの内容を教えてくれ」

小さな声で願うと同時に、手の中の硬貨が光の粒子となって消滅。そして機械的な声が僕の頭の中で響く。

・願い主
高等部二年三組、布施舞花
・願いの内容
アグリカルチャーシステムの取引すべてに圧力をかけなさい！
・投資額
残り二七万六〇〇〇ホープ。


耕一の話を含めると、布施さんはおそらく五〇万ホープくらい使ったのだろう。

もはや耕一に勝ち目はない。僕が出ないと確実に負ける。

だけど今僕が出たら、話を盗み聞きしていた事がバレてしまう。耕一が今まで黙っていたのは、おそらく夢路さんへの想いを僕に知られたくなかったからだろう。その気持ちを踏みにじってしまっていいのか？

「もう諦めなさい。あなたはよくがんばった。ここで株を売ってしまっても、誰もあなたを責めたりできないわ。元々その株はあなたのお金で買ったんだから」

布施さんが優しい声で誘うように告げる。母性さえ感じさせる微笑みをたたえ、苦しみからの解放を訴えてくる。

だがそれでも耕一は首肯しなかった。苦渋に顔を歪めつつも、今なお戦う術を模索している。

……僕は間違っていた。耕一の気持ちがどうのなんて、見苦しい言い訳だ。バレて困るのは耕一じゃない、単に僕が後ろめたいだけなのだ。

耕一は自分の気持ちを殺してでも、今まで僕を助けてくれた。だったら僕も助けなきゃいけない。絶対にあいつを見捨てちゃいけない。

今ここで耕一を助けなければ、僕は親友失格なんだ！

「そこまでだ！」

僕は草むらから飛び出した。それを見た耕一が後ろ向きにすっ転ぶ。

「うおっ、どっから出て来たんだお前⁉」

「それは後にしよう。今は布施さんだ」

尻もちをつく耕一をかばうように、僕は布施さんと対峙する。

彼女も驚いたみたいだけど、出て来たのが僕だと知ってか、すぐに余裕の笑みを浮かべた。

「一体どうやってここに来たかは知らないけれど……まぁいいわ。こうなったら二人まとめて相手してあげる！」

「無駄だよ、布施さん。あんたじゃ僕に勝てない」

「はぁ？　何なの、ハッタリかしら？」

嘲笑する布施さんの前で、僕は財布から赤いカードを取り出す。

学園銀行が発行する僕名義のキャッシュカードだ。裏面には一〇〇万の数字が液晶で表示されている。大倉商業で得た役員報酬二ヶ月分である。

それを構え、僕は願ってやった。

「布施さんがかけた願いを打ち消せ」

瞬間、布施さんの周りに半透明の粒子が舞った。まるでガラスが割れたように、空間に亀裂が走る。

「なっ⁉」

彼女は一転、顔を青くする。

だが僕は追撃の手を緩めたりしない。

「布施さんの小切手を持ち主に郵送だ」

「ちょ……待っ……」

布施さんの手元から小切手が消えた。同時に僕の周囲に再び光の粒子が散る。

「水着に着替えろ」

「っ⁉」

布施さんがスクール水着姿に変身した。ホープで隣のプール施設から購入したものだ。その金額に応じた濃密な粒子が僕らの体を明るく照らす。

「やれやれ、一〇万ホープ程度でホイホイ着替えるとは……よほど金かプライドが無いんだ

な」

「くぅぅっ……」

　顔を赤くし胸元を腕で隠す布施さん。

「さぁ、これであんたは丸腰だ。まだ抵抗する？」

「そ、それは……」

「ああ、そうそう。アグリカルチャーシステムの取引は全部僕らで引き受けるよ。何なら、スターマートにも協力してもらう。だから帰ってから好きなだけ圧力をかけてくれ」

　後ずさりする布施さん。僕は冷徹な表情を作って言う。

「布施さんが誰の差し金で動いているかは、大体予想が付いてる。そいつに伝えてやれ。一〇億ホープ払うなら、大倉商業の株式を一株くらい売ってやってもいいってね」

「くっ……本当にバカな男！」

「お互い様だよ」

「後悔しても知らないわよ！」

　エサを奪われた犬っころみたいに歯嚙みしながら、布施さんはくるりと背を向ける。そして苛立ちをぶつけるように茂みを一蹴りし、足早に走り去ってしまった。

「翔……なんでここに？」

「後をつけたんだよ。悪い……実は最初から話を聞いてた。盗み聞きするような真似をしてごめんよ」

僕は耕一に歩み寄った。服に付いた土を払い、肩を貸してやる。

「そ、そうか……。まぁ、いいんじゃないか？　別にやましい話をしていたわけじゃねーし」

「そうだけど、でもお前の気持ちを聞いてしまったんだ。その上で、耕一は僕に手を貸してくれている。なんて詫びたらいいか……」

「春日井さんの事なら気にするな。俺が勝手にお前を助けたいと思っただけだ」

「だけどっ！」

「翔が気に病む事は何一つない。俺が富美子さんを愛しているから、お前を助けたいんだ」

「そうだとしても……………………………………富美子さんって誰？」

思わず声が上擦ってしまった。

本当に誰かわからない。聞き間違えかな？　僕らの周りにそんな名前の人いたっけ？

耕一は訝しげに眉を寄せて僕を見る。

「誰って、春日井さんに決まってるだろうが。お前は何を言ってるんだ？」

「いやいやいやいや！　夢路さんは富美子じゃないぞ、お前こそ何言ってんの!?」

「だから春日井富美子さんだよ。夢路さんはその孫だ」

「婆さんの事かよっ!?」

予想の斜め上をいく話に僕は面食らった。婆さんそんな名前だったのか。

いや、まぁね。たしかに耕一の部屋には熟女本があったさ。でもそれを二回り以上飛び越えて実は老女好きとか、わかるわけないだろ！

「耕一、お前今一六歳だよね。婆さん何歳なの？」

「御年七六歳だ」

六〇歳差かよ！　半世紀以上離れてるじゃないか。もし婆さんがＯＫしたら、とんでもない歳の差カップルが誕生しちゃうぞ。

「……なぁ耕一、考え直した方がよくないか？　相手は既婚者で、子供どころか孫までいるんだよ？」

「俺は一向に構わんぞ。愛の前には社会的ステータスや年齢の壁など塵芥に等しい」

「相手はしわくちゃの婆さんだよ？」

「富美子さんを悪く言うんじゃねぇ！　あの人の良さは内面にあんだよ！」

ガチで怒っていらっしゃる。ダメだ、僕が何を言っても無駄っぽい。

うん……まぁ、本人が良いというなら良いような気もしてきた。少なくとも他人がアレコレ言う問題じゃないのは確かだ。

「悪かったよ……ごめん。婆さんはいつも無愛想だし口も悪いけど、何だかんだで優しいところもあるもんな」

「うむ、そうだろう！　わかってくれればいいんだ」

本当はまだ全然呑み込めてないんだけどな。

でも、せめて僕だけは理解してやるべきだろうと思った。耕一が僕を手助けしてくれたように、僕も耕一を受け入れる。それができてこそ親友ってものだ。

しかしなぁ……僕と夢路さん、耕一と婆さんのカップルが成立したとしたら、耕一は僕の友人であり、かつ義理の爺さんになるわけか……。

人間関係とはかくも複雑怪奇なものなのかと、僕は春日井食堂を目指しながら嘆息するのだった。


時が経ち、一〇月中旬の朝飯時。

「春日井食堂逆転、牛丸亭を抜いて首位に……か」

食堂のテーブルで学園経済新聞を広げながら、耕一がボソリとつぶやいた。

ついに春日井食堂の加盟店が一〇〇に達し、牛丸亭の数を上回ったのだ。当初あった牛丸亭一五〇店舗は、今や九六店舗にまで数を減らしている。個々の売り上げは圧倒的に春日井食堂が勝っているから、もはやチェーンとしての強さは完全にひっくり返っている。

大倉商業の方も、何だかんだと話し合った末、耕一の持つ株式は僕が買い取る事になった。

つまり僕は大倉商業の一〇〇パーセント株主というわけだ。これでもう誰かから買収される危険はなくなったと言えよう。

そして夢路さんの爺さんが遺した数千万の借金も、着実に減っているそうだ。まだまだたくさん残ってはいるが、利息などで切迫した状況は脱した様子。

そんな中僕はというと、テーブルに頬を付けてふて腐れていた。

「お疲れさん。お前はよくやったよ」

耕一が茶碗を手に労ってくれる。

「でもなぁ、何か釈然としないんだよなぁ」

僕らは大概走り回ったけど、店舗拡大の一番の立役者はスターマートと言っても過言ではない。夢路さんの牛丼はたしかに潜在的需要を持っていたけど、売れに売れまくったのは加盟店を増やせたからで、つまりスターマートの協力があったからだ。

星住きらりさんは僕らとの提携が儲かると踏んだらしく、既存の店舗まで一体型店舗に改装しまくってくれている。でなきゃこんな短期間に加盟店数が三桁の大台を突破する事など絶対になかっただろう。

「数ある選択肢の中から進む道を選んだのはお前だ。そこで正解をつかみ取ったんだから、この結果は翔の実力って事で良いと俺は思うぜ」

それはまぁ、一理あるかもしれない。運も実力の内って言うしな。

だけどそうじゃないんだ。一番不服なのは、夢路さんが日々仕事に忙殺されている事なんだから。

牛丸亭を抜いた事で、春日井食堂は学園に名だたる大手チェーン店となった。

その結果、知名度はうなぎのぼりになり、モデル店である夢路さんの食堂に人が集まるようになったのだ。

今日も食堂は満員御礼。昼飯時なんて店の外まで連なる行列ができるほど。夢路さんと婆さんは二人でそんな客の群れを手際良くさばいている。三日に一度はバイトを雇っているけど、よほど食堂で働くのが楽しいみたいだ。

「最近夢路さんとほとんど会話してない気がする……」

「一昨日喋ってたろ」

「二日も喋ってないんだよ……つらい……」

「なら話しかければいいだろうが」

言われて僕は、突っ伏したまま夢路さんの方を見る。と、偶然なのか目が合った。ニッコリ微笑み、僕に向かって手を振ってくれる。

「おい、鏡見てみろ。だらしねー顔になってるぞ」

「あんな可愛い子を見ていたらだらしない顔にもなるさ」

「そこまで直球で言えるんなら話しかけろよ」

「がんばってる夢路さんも可愛いから、見てるだけでもいいんだよ」

「勝手な奴だ……」

耕一は僕を見ながら苦笑した。

「それにしても、ずいぶんと繁盛するようになったもんだな。ちょっと前まで閑古鳥が鳴いてたのに」

「そうだね」

「あれから花上の動きはあったか？」

「相変わらず嫌がらせが続いてるよ。だけど、スターマートが抑えてくれてるからね。春日井食堂チェーンが揺らぐほどじゃない」

「なら炭酸女は？」

布施さんの店はここしばらくシャッターが閉まったままだった。張り紙も何もないから、もうやめてしまったのかもしれない。

「最近は見かけないね。お隣さんも閉店したんじゃないかな」

「なら、放っておいても大丈夫そうか」

「……いや」

ガバッと僕は体を起こした。それから耕一の目をじっと見ながら言う。

「今度はこっちから打って出ようと思う」

「こっちから？」

「そうだ。僕らが攻め手に回るんだ」

僕らはこれまで五ヶ月かけて、ようやく一億ホープ規模の事業を作り上げた。ここまでくれば、夢路さんにかけられた願いを消し去る事もできるだろう。

だけどそれで終わりじゃない。

目の前の一億をどうにかしても、花上が金を持っている限り、夢路さんへの束縛を続ける事ができるんだから。ならば道は一つしかない。

「花上グループをぶっ潰そう」

それだけが、夢路さんを真に救う方法なのだ。

耕一はわざとらしくため息を漏らして、

「やれやれ……お前一人だと心配だからな、俺も最後まで協力してやるよ」

「ありがとう。お礼に今日の飯代は僕が奢るよ」

「礼なんざいらん。将来の義孫の面倒を見てやるのも俺の役目だからな」

僕としてはそこが一番複雑なんだけどなぁ……。

第四章
一億ホープの願い
kimi no MISOSHIRU no tamenara,boku wa oku datte kasegeru kamo sirenai
CHAPTER 4

休日の昼過ぎ、僕と耕一と夢路さんは本部にて会議を開いていた。

夢路さんはハート型の赤いクッションを抱き締め、耕一は座椅子に体重を預けながら、僕の話に耳を傾けてくれている。

本日の議題は『打倒、花上グループ』である。

「打倒するのはいいが、具体的にどうやるつもりだ?」

「牛丸亭を買収しようと思ってる」

「ほう……?」

耕一は興味を持ったのか、面白いものを見たように口元を歪める。

「あれから色々調べてみたんだけど、花上グループの資本関係は、結構いびつなんだよね。グループ全体をまとめる『花上マーケット』が傘下の株式を保有し、指示を出してる。だけど、全部が全部花上の子クラブってわけじゃないんだ」

「そりゃまたどうしてだ?」

「たぶん、僕らと似た感じなのかもしれない」

子クラブとは、世間で言う子会社と同義である。つまり買収の結果、株式の過半数を握られたクラブの事だ。

株式保有比率は議決権の強さである。例え企業のトップであっても、過半数を保有する株主に逆らう事はできない。自分の車のハンドルを、他人に握られたようなものなのだ。

だけど株式の過半数を保有していなくても、グループ傘下と見なされる事例は存在する。

「僕らのグループの関係を考えてみてくれ。大倉商業はスパークリンの筆頭株主だけど、株式の過半数を持ってるわけじゃないよね。だけどスパークリンは僕らの言う事を聞いてくれているし、春日井食堂のフランチャイズ化にも多大な貢献をしてくれた」

「それって耕一君が部長になったからじゃないの？」

夢路さんが小首を傾げて言う。

「もちろんそれもある。だけどそれだけじゃないんだ。スパークリンにとって大倉商業は大口の取引先だし、売り上げの大半を春日井食堂チェーンに依存しているからね。僕らとの関係を切ると業績が急激に悪化するから、例え耕一が部長じゃなくても切る事はできないんだよ」

「そっか……資本関係だけじゃなく、利害関係でも繋がってるのね」

「そういう事」

花上グループは、ここ二年ほどで急成長を遂げた組織である。

しかし学園御三家とまで呼ばれる巨大グループが、何の努力もなしに誕生するわけがない。花上グループは、花上自身がコツコツと根回しをし、買収工作なんかを重ねた末、出来上がったものなのだ。

円満に買収が成立した例もあるだろう。相手が弱すぎて軽く呑み込んだ例もあるだろう。だけど、全部が全部そう上手くいくわけがない。相手の抵抗で過半数の買収に失敗したり、資金力の都合で買収できなかったりなど、トラブルは一度や二度ではなかったはずだ。

　そうしてできた綻びこそが、敵の弱点なのである。

「僕が牛丸亭を狙う理由は二つある」

　僕は右手の指を立てて言う。

「ひとつ目は、牛丸亭が花上グループ傘下の株式を多数保有している事だ。この買収が成功すれば、枝葉のように広がった下位グループの何割かをごっそり切り崩せる。これはグループ崩壊に繋がる致命的な一撃になるだろう」

「ふむ……。ならふたつ目は？」

「ふたつ目は、牛丼戦争でボコボコにしたから、株価が絶賛大暴落中という事。牛丸亭の株式は、僕らと戦う前後で半分近くまで下落しているからね。買い取りやすくなってると思う」

　僕らは既に牛丸亭を下した実績を持っている。そして春日井食堂チェーンが急成長を遂げている事は今や誰もが知るところであり、更にバックにはスターマートまでいる。そういった状況を利用し、報酬をチラつかせて敵を寝返らせるのだ。

「ちなみに牛丸亭の株価は、戦争直前で一株一一五〇ホープだったけど、今は八〇〇ホープだよ。この分だと半分を切るのも時間の問題だろう」

「一株八〇〇ホープでも高い気がするが……。発行済株式数は一二万だろ？　五一パーセント買おうとしたら、えーと……四九〇〇万ホープくらいかかるぜ？」

耕一は電卓を見せてくる。

「別に僕らだけで資金を用意する必要はないよ。何ならスターマートに協力してもらうというのもアリだし」

「断られたらどうする？」

「その時はプランBだよ。大倉商業の資産を担保にすれば、学園銀行だって四〇〇〇万くらいなら貸してくれる。それに僕らのグループで資金をかき集めたら、軽く一〇〇〇万ホープ以上あるだろう」

「だが、俺達が買い占めたらまた値上がりするはずだ」

「そこはやり方次第さ。一応作戦は考えてあるよ。僕に任せてくれ」

コホン、と僕は咳払いを一つ。

「まず、夢路さんは同質化戦略をベースに戦って欲しい」

「牛丸亭の新メニューを真似するの？」

「いや、新メニューだけじゃなく、全部だ。牛丸亭のメニューを徹底的に真似し、春日井食堂で提供する。それも、元の料理よりおいしい物をね。今や春日井食堂は、業界を引っ張るリーダーだ。同質化戦略でねじ伏せれば、牛丸亭は手も足も出なくなるはずだよ」

「全部のメニューを真似るとなると、結構大変だね」

「それでも夢路さんならできるはず。……いや、これは夢路さんにしかできない。君の料理は世界一うまいんだからね。お願いしてもいいかな？」

僕がそう言うと、パッと笑顔になった。

「うん、わかった！」

夢路さんがうなずくのを見て、僕は耕一に顔を向ける。

「次に、耕一は牛丸亭の株式を四・九パーセント買っておいてくれ。そしてタイミングを見計らってめいっぱい買いまくり、大量保有報告書の提出と同時にＴＯＢ開始だ」

「ＴＯＢか……。スパークリンの時もチラッと話が出てたが、具体的にどうやるもんなんだ？」

「大雑把に言うと、五つの手順がある。公開買付開始公告、意見表明、対質問回答、公開買付終了、公開買付報告書の提出だ」

・公開買付開始公告は、ＴＯＢ開始を宣言する事。
・意見表明は、被買収者である牛丸亭が買収の是非について自分達の考えを表明する事。
・対質問回答は、僕らが牛丸亭の意見表明へ回答する事。
・公開買付終了は、ＴＯＢ終了を宣言する事。
・公開買付報告書の提出は、ＴＯＢ終了の同日中に僕らが学園長へ報告する事。

これらの手順を踏んだ後、お金や株券などの決済が行われる。

いずれも期日が厳格に定められており、時間稼ぎや延長戦などは許されない。

「こりゃ完全に全面戦争だな……また金がかかりそうだ」

「金の心配なら大丈夫だよ。牛丸亭の買収に成功すれば、花上グループは空中分解待ったなし。後は買収した事業を加えて規模拡大、利益アップで借金も返済できる。実に完璧な作戦だ」

鼻を鳴らして言う僕を、しかし耕一は不安そうな目で見てくる。

「……だが、そういった事情は花上もわかっていると考えるべきだ。俺達が敵意を持って動いている以上、すぐに対策してくるんじゃないか？」

「もちろんしてくるだろう。だからスピード重視でいこう。相手が対処する前にこっちが動くんだ」

これからの方針をまとめると、次のような流れとなる。
①春日井食堂が同質化戦略で牛丸亭を徹底的に抑え込む。
②大倉商業が牛丸亭株を四・九パーセントまで買い、同時にスターマートに協力を仰ぐ。
③大量保有報告書提出までの五日間で牛丸亭株を買いまくる。
④ＴＯＢで宣戦布告！

以上。

この作戦が上手く行けば、花上は力を失うだろう。そうすれば夢路さんと春日井食堂を守り切る事ができるはずだ。

その翌日、僕はスターマート本部ビルへとやってきた。

相変わらず電話をしたらすぐにアポが取れる。アクティブで話しやすい経営者だ。

「結論から言います。牛丸亭の買収に協力していただけませんか？」

のっけからの物言いに、星住さんは表情のない表情で僕を見つめてくる。

「買収目的は何でしょう？」

「春日井食堂のシェアと規模の拡大です」

考えてきた建前を答えると、星住さんは沈黙した。

相変わらずジトッとした目である。何考えてるかさっぱりわからない。ビジネスの場でなければ話題がなくて、さぞや気まずい思いをした事だろう。

星住さんはゆるゆると口を開き、また閉じるを繰り返す。そして珍しく長考した末、重苦しい雰囲気のまま結論を吐いた。

「……残念ですが、協力はできません」

「それは、どうしてですか？」

「間違いなく花上グループが出てくるからです」

「スタートマートでは花上グループに勝てないと？」

僕の言葉に、星住さんはほんの僅かに眉を寄せた。もしかして怒ったんだろうか？

「そうは言っていません。正面から戦争をすれば、私達が勝ちます。しかし、採算が取れないのです。牛丸亭の一つや二つに買収を仕掛けるのは良いのですが、花上マーケットと全面戦争となると、お金ばかりかかって実りは少ないでしょう」

「そこを何とかできないでしょうか……？」

「無理なものは無理です。私は次の打ち合わせがありますから、この辺りで」

にべもなく断られ、交渉は打ち切られてしまった。

出鼻をくじかれた気分である。どうやら一度は自分達だけで戦うしかないようだ。


そんなわけで翌週。プランBのため学園銀行で交渉し、資金の調達をした帰りの事だ。

人と車が行き交う南東区画の大通りを歩いていると、突然怒鳴り声が響いてきた。

「しつこいぞ！　こっちだって商売なんだよ、欲しけりゃ金を払ってくれ！」

「お願いします、そこを何とか……」

ひまわりパンの店舗だ。中で客の一人がごねているらしい。

どこかで聞き覚えのある声のような気がして、僕は店内を覗き見る。

ボリュームのあったツインテールはボサボサにほつれ、薄汚れたブラウスとスカートを身に着けている。その大きな胸も、若干しぼんだように見えるのは気のせいじゃないかもしれない。

その人物を目にして、僕はちょっとだけ後悔してしまった。

「布施さんじゃないか……何やってんだあの人？」

主に店長らしき人物が声を荒げ、布施さんはペコペコと頭を下げている。耳をそばだててみたところ、どうやらパンの耳を恵んでくれと言っているようだ。道行く人々が訝しげに中をチラ見していくのが痛々しい。

放っておこうかとも考えたけど、過去の自分を見ているようでどうしてもできなかった。最初から見ていなければ、立ち止まる事もなかったのにな。

「……まったく、しょうがない人だ」

ぶつくさとつぶやきながら僕は店内に入り、声をかける。

「布施さん、何やってるんですか」

「え？　あ、あんた……大倉翔っ⁉」

こんなところでフルネームで呼ばないで欲しい。

「またあたしの邪魔をしに来たの⁉」

「人聞きの悪い事を言わないでください。ほら、ここじゃ店の迷惑になるから外に出ましょう」

「うるさいわね！　あんたなんかの指図は受けないわ！」

布施さんは飢えた猛獣かというほどの形相で、今にも噛み付いてきそうだ。よっぽど嫌われてるんだな。

嘆息を漏らし、僕は財布から五〇〇ホープ硬貨を取り出す。

「店員さん、そこのパンを二つと、オレンジジュースをください」

「は、はい！　まいどあり！」

「ほら、布施さん。行きますよ」

買ったパンとジュースを手早く袋に包んでもらい、受け取る。それを見せびらかしながら店を出ると、彼女も無言で付いてきた。そうして近くの公園に寄り、ベンチに腰かける。

「どうぞ」

パンとジュースの入った袋を差し出すと、布施さんは喉を鳴らした。

「……何のつもりかしら？」

「お腹減ってるんでしょ？　とりあえず食べてください」

「あんたの世話になんかならないわ」

面倒くさい人だ……。

「じゃあ僕が食べちゃいますね」

ごそごそと袋を漁る僕。

「えっ⁉」

「いらないんでしょ？」

「い……いらないとは一言も……」

「いるんですか？」

「……」

じっとパンの袋を見つめる布施さん。『待て』をしている犬みたいである。腹は減っているけど、プライドが許さないようだ。

「って、よく考えたら布施さん、たしかスパークリン株式を三パーセント持ってましたよね？食べ物を買う金がないなら、売ればいいじゃないですか。今売れば二〇〇万ホープくらいになりますよ」

「ふざけないで！　スパークリンはあたしの魂よ、この株式は何があろうと売らないわ！」

空腹の中でもそう言えるのはすごい。さすがは元経営者と言う事か。

「はぁ……わかりましたよ。じゃあ僕は満腹なので、ここにパンを捨てておきます」

「捨てるって、そんな……もったいない……」

「僕はもう食べられませんからね。放っておけばハトやスズメがついばみに来るでしょう」

そこまで言うと、ようやく決心が付いたらしい。

「……す、捨ててあるならしょうがないわね。鳥のエサにするくらいならあたしが食べてあげてもいいわ」

「ふん、パサパサで硬いパンね。安物特有の食感だわ。ジュースも炭酸じゃないし」

そう言って袋を漁り、布施さんはパンにかぶりつく。

「拾った食い物に文句付けないでくださいよ」

僕は苦笑して、それから何となく聞いてみる事にした。

「そういや布施さん、春日井食堂の隣でやってた店はやめたんですか？」

「……なんでそんな事聞くのよ？」

「だって、ずっとシャッターが下りたままじゃないですか。それに今の布施さん、なんか貧乏くさいし」

「う、うるさいわね！　貧乏で何か悪いわけ⁉」

学園長は貧乏を悪と認定してるんだけどな。言ったら烈火のごとく怒り狂いそうだからやめておく。

「別に悪いとは言ってませんよ。ただ、牛丸亭で働いている時はずっとしんどそうだったじゃないですか」

「こっちからやめてやったのよ。あんなブラック企業、さっさと潰れてしまえばいいわ。牛丼はまずいし、ロイヤリティ高いし、サイダーを出すのやめろとか言うし」

牛丼とサイダーはどう考えても合わないだろ……。そこだけは牛丸亭が正しいと思う。

そんな話を聞いている内に、布施さんは火が点いちゃったらしい。愚痴は徐々にエスカレートしていく。

「大体ね、全店舗で牛丼並盛り一〇〇ホープ値下げとかありないわ！　原価は二〇〇ホープもあるのよ？　一食売ってもたった七〇ホープの粗利益。仮に三〇〇食売っても一日二万ホープくらいでしょ。バイトは時給九〇〇ホープだから、一人雇うと差し引きで一日の利益は五〇〇〇ホープもいかないの。月収にすると一一万ホープくらいで、更にここからロイヤリティと家賃光熱費水道代など諸経費を引いたら、半分も残らない。うちの店なんて日に三〇〇食どころか二〇〇食も売れなかったし、ワンオペでさえそんな状況なのに、どうしろって言うのよ！」

「そりゃまたひどいですね……」

そんな状況で春日井食堂とガチンコバトルである。一人でもバイトを雇えば赤字になるから、彼女自身が働き詰めするしかなかったわけだ。

布施さんはパンをあっという間に平らげ、ひとしきり愚痴を垂れ流した後、燃え尽きたように顔を伏せてしまった。この雰囲気からして彼女は花上にトカゲのしっぽにされたんだろう。そうでなければこんな貧乏生活をしているわけがない。

何だかんだと争い合った僕らだけど、その相手がここまで落ちぶれたのを見ると気の毒に思えてくる。元はといえば僕がスパークリンにケンカを吹っかけたせいだし。

「良かったら、春日井食堂で雇いましょうか？」

布施さんは顔を上げた。

「……何を企んでるのかしら？」

「別に何も」

「花上グループのスパイを期待してるなら無駄よ。役立たずのレッテルを貼られて追い出されちゃったし」

「そんな事しなくていいですって。ただうちで真っ当に働いてくれればいいですから」

「……それを信じろと？」

そんなに僕って信用ないのかなぁ。ちょっとショックなんだけど。

布施さんは手元に目を落とし、食べ終えたパンの袋をじっと見つめている。何か迷っているような、そんな雰囲気である。

「……大倉君、あなた花上君をやっつけるの？」

「そのつもりです」

「じゃあ、牛丸亭を買収するつもりだったりする?」

「……」

思わず答えに詰まる僕。

なんで知ってるんだろう? いや、知ってるというより、誰でも気付くくらい当然の戦略だという事か。そして花上もそれに気付いてはいるけど、グループ内の利害関係があるためすぐに対応するのが難しい状況……なのかもしれない。でなければさっさと穴を塞げばいいだけの話なんだから。

沈黙する僕を見て何かを察したのだろう。布施さんはベンチから腰を上げる。そして尻をはたきながら、

「良い事を教えてあげる」

「何ですか?」

そして不機嫌そうに鼻を鳴らし、僕に言った。

「あと二、三日したら牛丸亭の株価が今以上に大暴落するわ。それで貸し借りはチャラよ」

『牛丸亭、過重労働疑惑で立ち入り調査!』

三日後、学園経済新聞の朝刊を賑わした見出しである。

いつものように耕一と春日井食堂で新聞を広げていると、そんな記事が目に留まったのだ。

先日布施さんが教えてくれた内容そのままで、牛丸亭の店員が長時間ワンオペを続けている事が問題視されていた。

元々、一部の店舗を除いて人件費を削らないと採算を取るのが難しい状況下だったのに、牛丸部長の独断で牛丼並盛りを全店舗一〇〇ホープも値下げしたのが主な原因だそうだ。そのせいでバイトや店長が一週間休みなしで働き詰めになったり、赤字続きで泣く泣くバイトをやめさせるオーナーが続出。匿名の内部告発により、それらが明るみになったのである。

それだけじゃない。

春日井食堂に置かれたテレビ画面に、布施さんらしき人物が映ったのだ。

目元にモザイクがかけられ、ロボットボイスに変換されているものの、ボリュームのあるツインテールと大きな胸は明らかに布施さんである。

インタビューの内容はこうだ。

《本当に信じられないほど過酷な業務内容でした。突然の値下げ宣言で、皆泣いてたと思います。上の人達は、あたし達の事なんか微塵も考えていなかったのでしょう。牛丸亭の経営陣にとって、加盟店のオーナーは人間というより、使い捨ての奴隷……いえ、家畜未満の存在だったにちがいありません》

喋りながら嗚咽を漏らし、ハンカチで涙を拭く布施さん（らしき人物）の哀れな姿は、大きな反響を呼ぶ事となった。

結果、牛丸亭の株価は凄まじい勢いで大暴落。ニュースが流れた日の午後には、もはや一株五五〇ホープなどという投げ売り価格にまでなってしまったのだった。

その後僕らは春日井食堂本部へ向かい、パソコンを操作する。

耕一はネットの掲示板を読んでいるんだろう。画面を見て眉を寄せながら、

「ひどい叩かれようだな……。牛丸亭がまるで鬼か悪魔みたく書かれてるぞ。本当の悪魔はあちこちに密告しまくった炭酸女じゃねーのか？」

「布施さんが密告しなくても、いずれバレていたさ。むしろ密告した事で労働者を守った正義の味方と言えなくもない。あの人がゾンビみたいにフラフラになってたの、耕一だって何度も見ただろ？」

「うーむ……」

納得しかねると言うように渋面を作る耕一。

そんな時、珍しくセーラー服姿の夢路さんが現れた。なぜか大きな風呂敷包みを抱えている。

「おはよう、二人とも」

「やあ、おはよう。今日は食堂はいいの？」

「うん。バイトさんに任せてるからわたしはおやすみだよ。これからスターマートと打ち合わせがあってね」

「スターマートと？」

夢路さんはテーブルの上で風呂敷を解く。中に入っていたのは重箱だ。和洋中色とりどりの総菜が並んでいる。

「これは……」

「新商品の資料だよ。スターマートでコンビニのお弁当として置いてもらえないかと思って」

「春日井食堂がコンビニ弁当とコラボするって事？」

「うん。牛丸亭で販売されてるメニューを全部コピーしようと思ったんだけど、相手が和洋中問わず色々手を出してくるから、メニューが増えすぎてうちの食堂だけじゃ提供が難しいの。だからきらりちゃんに相談に乗ってもらおうかと」

もはや牛丼屋という建前にはこだわらなくなったのか。牛丸亭もなりふり構わずやってるな。

「それにしても、資料が紙じゃなく現物という辺り夢路さんらしいというか……またこれは結構な量だね」

「アグリカルチャーシステムさんの野菜を使ったメニューだよ。いっぱいあって困ってたから、ちょうどいいかなって」

「なるほど、その辺も埋め合わせられるわけか」

「悪いな、春日井さん。俺の私情で手間かけさせちまって……」

「ううん、翔君も耕一君もがんばってるんだもん。わたしも少しは役に立たないとね」

そう言ってガッツポーズを決める。

まさかスターマートとコラボ企画をやるとは思わなかった。夢路さんも本気で花上と戦ってくれているのだ。

「これなら株主達は牛丸亭の株を投げ売りする事間違いなし。株価はガンガン下がっていくだろうから、明日から五日間で買えるだけ買いまくってくれ」

「資金の方は大丈夫か？」

「大倉商業、春日井食堂、スパークリン、あと僕らの役員報酬やら何やらで、何とか一六〇〇万かき集めたよ」

「なら、一六〇〇万ホープ分の株を買った後、学園銀行の資金を元手にＴＯＢか」

「そうだ。僕はＴＯＢの準備をしておく。夢路さん、耕一、任せたよ」

「おう！」

「うん！」

久々に聞く威勢の良い返事に、僕は笑って返すのだった。

夢路さんの同質化戦略と布施さんの内部告発の二本立てのおかげで、その後も順調に牛丸亭株は値下がりしていった。

しかし同時に耕一が買い集めていたため、平均すると一株四八〇ホープ前後で均衡が保たれていたようだ。

そんなこんなで数日後。

僕らの牛丸亭に対する株式保有比率は二七・八パーセントに達し、大量保有報告書と公開買付届出書を学園長に提出した事で宣戦布告と相成った。

そして今、僕は学園中央区画にあるイベントホールへとやって来ている。前に牛丸が生放送記者会見をやった場所と同じ、体育館みたいに大きな建物だ。

記者達はすでに待機していた。僕は学ランの襟を正し、資料を脇に壇上を目指す。フラッシュの嵐が僕を歓迎した。

「まずはご多忙の中お集まり頂き、誠にありがとうございます。我々大倉商業は、春日井食堂チェーンの更なる飛躍のため、牛丸亭に対するＴＯＢ――株式公開買付を行う事を、ここに宣言いたします！」

記者達にどよめきと歓声が広がった。

その声が止むまで待ち、僕は一転してテンションを下げてやる。

「……先日、学園中に走ったニュースにおいて、牛丸亭の経営実態が明らかとなりました。勇気を出してインタビューに応えたであろう加盟店オーナーの女子生徒……彼女の姿を思い出すだけで、私は涙が溢れそうになります。皆様の食を預かる我々は、同業種として、この事実を捨て置く事などできません。このＴＯＢが成立した暁には直ちに問題点を洗い出し、皆様に笑顔を取り戻せるよう労働環境を整備し、株式クラブ牛丸亭と共に手を取り合っていく事を約束しましょう！」

弁舌さわやかに、僕は心にもない事をまくし立てる。なんとご立派な演説だろうか。僕が聴衆なら感動していたかもしれない。

散々偉そうな事をのたまった末、僕はようやく本題に入った。

「我々大倉商業グループは、牛丸亭の株式を二七・八パーセント保有しています。我々は学園の平和と繁栄のため、この度のＴＯＢにおいて、牛丸亭の株式を一株六〇〇ホープにてお申し受けいたします！　どうぞ皆様、奮ってご応募ください！」

再び激しいフラッシュが僕を包んだ。

世間では四八〇ホープくらいで売買されている牛丸亭株を、僕らは六〇〇ホープで買いますよ、と公表したわけだ。そうすると株主達は市場で売るよりも、僕らの募集に応じた方が儲かるから、我先にと集まってくるのである。

この日の記者会見の結果は上々で、学園経済新聞には僕らに概ね好意的な記事が掲載。テレビでも報道部がしきりに僕の顔をドアップで映し、僕の事を褒め称えていた。

そんな事態に業を煮やしたのだろう。

五日後には僕らに対抗して牛丸氏も記者会見を開いたようだ。

内容は、牛丸亭株を一株六五〇ホープでTOBを発表するとの事。テレビ画面には小太りで七三分けの男がアップにされ、ハンカチで汗を拭きながら喋っている。

《――先日、大倉商業により行われたTOB宣言ですが、牛丸亭としましては、不当極まりない行為だと非難せざるを得ません。我々は既に労働環境の改善に全力で取り組んでおります。別に大倉商業の力を借りる必要などないのです。今回の買収劇には大義がない！　大倉商業は、学園にはびこるハイエナ同然のクラブです！　株主の皆様、何卒わたくしどものTOBに応じてくださいますよう、心よりお願い致します！》

カメラが繰り返し光を放ち、牛丸氏を照らす。

しかし声援はほとんど聞こえて来なかった。代わりに放たれる記者達の質問は、どこか牛丸氏に対して懐疑的なニュアンスを含むものばかり。

そりゃそうだ。自分達だけで改善できるなら、なんでもっと早くやらなかったんだって事になるもんな。

ここまで来れば全面戦争だ。全力でぶっ潰してやる。

「大倉商業は、牛丸亭に対するＴＯＢ価格を一株七〇〇ホープに変更いたします！」

僕の宣言で、春日井食堂へ取材に来ていた記者達が色めきだった。

もはやＴＯＢ価格のインフレである。だが牛丸亭は春日井食堂の台頭で、経済的に痛恨のダメージを受けている。価格競争になればこちらが勝てるだろう。

そして世論は僕らの味方だった。

片や、春日井食堂の躍進、僕の飾り気に満ちたキレイ事。

片や、内部告発による牛丸亭の迷走、罵倒と言い訳まみれの牛丸氏。

おそらくだけど、この構図が僕らを『悪を打ち負かす正義のヒーロー』であるかのように演出していたのだろう。大衆の支持は明らかに僕らへ傾いていた。

だが勝利を予感した僕らの前に一人の男が現れた事で、戦況は一転する。

他でもない、花上兼光の登場である。

《牛丸亭部長牛丸氏に代わりまして、私が記者会見を開かせてもらいました。花上マーケット

部長の花上兼光です。皆さんよろしくお願いします》
堂々とした面持ちで記者会見の場に颯爽と現れ、フラッシュを浴びる。
《この度、牛丸亭の不祥事で皆様を不安にさせた事、グループを統括する私としては非常に申し訳なく思います。現在、学園労働基準監督課のご指導の下、労働環境の改善に全身全霊をもって取り組んでいる真っ只中です。皆様、何卒私にチャンスをいただきたい。必ずや牛丸亭の労働環境を改善し、皆様が楽しく笑顔で食事ができる場を創り出す事を誓いましょう》
花上は声を熱く震わせ、けれど表情だけはクールさを保ったまま演説を続ける。
そしてひとしきり喋り終えた後、少しの間を置いて言った。
《我々花上マーケットは、牛丸亭株のホワイトナイト役を引き受ける事となりました。つきましては牛丸亭株を、一株一〇〇〇ホープにてＴＯＢ宣言を致します。どうか皆さんのお力添えをよろしくお願い申し上げます》
衝撃の価格に、僕らは息を呑んだ。僕も夢路さんも耕一も、無言のまま食い入るようにテレビ画面を見つめている。
ホワイトナイトとは、文字通り白馬の騎士だ。買収の危機に陥っている仲間の下に駆けつけ、株式が敵に流れるのを防ぐためそう呼ばれる買収防衛策である。
しかも一株一〇〇〇ホープといえば、牛丼戦争の前に近い数字だ。
以前の牛丸亭ならいざ知らず、没落した今では企業価値を超えた数字である。そこまで値上げされると僕らの手に負えるわけがないのだ。大倉商業グループの資金をかき集め、学園銀行に借金した分を全額投入しても、なお五〇〇万以上足りない。

花上は更に話を続けていく。

《また、我々花上マーケットと牛丸亭は、株式クラブスパークリンに対しパックマンディフェンスを開始いたしました。既に共同で一二・六パーセントを集め、大量保有報告書を提出しております。今後も拒否権が得られる三三・四パーセントを、可能であれば五〇・一パーセントを目標に買い進めてまいります》

「パックマンディフェンス……だと……？」

買収してきた相手から身を守るため、相手を買収仕返すというアグレッシブな戦術だ。かつて一世を風靡したレトロゲームの主人公の名を冠した手法であり、まさに、攻撃は最大の防御と言わんばかりの買収防衛策である。

その発言を受けて、耕一がスマホを出した。慌てた様子で電話をかける。もはや嫌な予感しかしない。

「もしもし、副部長か？　テレビは……観てるか。だったら話は早い。顧問は今どこでどうしている？　…………………そうか。わかった。忙しいところを悪いがよろしく頼む」

「耕一君、どうしたの？」

夢路さんが不安げに尋ねる。

「昨日から顧問と連絡が付かないらしい。あのロリコン教師はスパークリン株を一〇パーセント持つ大株主だ。奴が花上に取り込まれていたとしたらかなりまずいぞ……」

花上は五〇・一パーセントを目指すと言っていた。だけど僕らはスパークリン株を複数名で五一パーセント保有しているのだ。それに三パーセント株主である布施さんも離反しているはず。その上で過半数を狙うという事は、身内の誰かが寝返らないと成立しない。そして一番可能性のある人物が、あのロリコン教師なのである。

現状、顧問が寝返ったのかどうかはまだわからない。だけどわからないという事実が、僕らの不安を何倍にも膨らませるのだ。

スパークリンは、今や学園に名だたる大手クラブである。ドリンクのシェアこそ学園飲料の方が上だが、春日井食堂の汁物を一手に引き受ける事で、僕らのグループを支えている。だけどもしそこを奪われたら、春日井食堂チェーンで提供する汁物の生産が軒並みストップしてしまう。大倉商業で販売している冷製カニみそ汁缶や他の缶飲料も、今まで通りの価格で販売できなくなる。

今やスパークリンは僕らのアキレス腱なのだ。花上グループにおける、牛丸亭のように。

花上は一通り言う事を言ったんだろう。締めのあいさつをし、壇上から下りてゆく。

「……どうしよう？　お金、また借りる？」

夢路さんの提案に、しかし僕らはうなずく事ができない。

「もう限界まで借りてる。これ以上は学園銀行も貸してくれないよ」

だけど、ここで何とかしなければ僕らが空中分解してしまう。

花上がこのＴＯＢで、まさかここまでなりふり構わず金を注ぎ込んでくるとは……。

お通夜みたいな空気の中、ただじっと僕らはテーブルの中心を見つめる。

「……スターマートを頼ろう」

僕はそう切り出した。

「スターマートって……前に断られたんじゃなかったか？」

「断られたよ。だけど、もう一度聞けば違う返事がもらえるかもしれない」

「無理だと思うが……あの女、結構頑固者だぜ？」

「頑固者かもしれないけど、計算ができる子だ。幸い、交渉材料も手に入ったしね」

「交渉材料だと……？　そんなもんどこにあるんだよ？」

「花上がスパークリンの買収に乗り出したじゃないか」

耕一が訝しむ目を向けてくる。夢路さんもわからないのか首を傾げていた。

正直、自分でも冷や汗ものだ。できればこんな事態になって欲しくはなかった。だけど、この状況だからこそできる交渉があるのもまた事実。

だから僕は言ってやった。

「これは背水の陣だ。まぁ見ててくれ」

そうして僕はスターマート本部ビルへ三度目の訪問をする事となった。

真っ昼間で日が照っているけれど、もうかなり肌寒い。一一月中旬ともなれば当然だろう。

受付のお姉さんの案内で、星住さんの部屋へ向かう。部長室は暖房が効いていて暖かく、湯気の立つお茶で出迎えてくれる。

そんな高そうなお茶には目もくれず、僕は第一声を放った。

「星住さん、もはや一刻の猶予もありません。牛丸亭を買収しましょう！」

シン、と静まり返る室内。だけどこの程度で折れてはいけない。僕は交渉を続ける。

「もうご存知かと思いますが、花上マーケットはスパークリン株の買収に乗り出しました。このままでは我々の提携したビジネスが崩壊する危険があります。何卒、ご協力を！」

腹の底から声をひねり出し、全力で頭を下げる。この交渉がダメなら終わりなんだから、もう必死である。冷や汗でシャツが湿ってしまうほどだ。

星住さんは呼吸音も聞こえないほど沈黙を守っている。そして小さくため息を吐いた。

「……もしかして、この状況を見越していたのですか？」

「まったく考えていなかった……と言えば嘘になります」

「そうですか」

星住さんはソファーに体を預け、天井を見上げる。何だか疲れたような顔だ。

「正直、あなたのような人は初めて見ました。どう考えても採算が取れないのに、こんな無謀な博打を仕掛けるなど、狂っているとしか思えません」

「まぁ、そうですね。否定はしません」

彼女は僕の目をじっと見つめてくる。まるで心でも読もうとしているかのようだ。いや、実際読もうとしているのかもしれない。

「……聞いてもいいですか？」

「僕に答えられる範囲であれば」

「何があなたにそこまでさせるのです？」

それは以前耕一にも聞かれた事だった。

僕が答えようとする前に、星住さんは続けて言う。

「失礼ながら、あなたの事はホープを使って調べさせてもらいました。スターマートに害を為そうとしている可能性も考えていたのですが……どうやら春日井夢路さんに対する好意だけで、学費を種銭に裸一貫からビジネスを始めたらしいじゃないですか」

「仰る通りです」

「あなたがどれだけがんばったとしても、彼女があなたの好意を受け入れる保証はありませんが……」

「……まぁ、そうですね」

「ではなぜ？」

言われて考える。

星住さんの言う通り、花上を退けたとしても夢路さんと付き合えるわけじゃない。下心がなかったわけじゃないけど、そもそも対価を求めて始めたわけじゃないのだ。なら、何が僕に行動させたのか？

思い付く答えは一つしかなかった。

「お金で買えないものがある。人の心はその一つだと、僕は証明したいのかもしれません」

「そのためなら採算度外視と？」

「はい」

僕は迷いなくうなずく。

「……正気を疑いますね。とてもビジネスマンの言動とは思えません」

「そうですね。そうかもしれない」

「ですが……」

星住さんはフッと口元を緩めた。

「あなたのような人は嫌いではありませんよ」

普段の仏頂面のイメージが強いせいなのか、表情に動きがある事に驚いてしまう。笑えば

意外と歳相応に見えるものだ。

やがて笑みは苦笑へと変化し、星住さんは手を差し出してくる。

「わかりました。牛丸亭の買収に協力しましょう」

「感謝します」

僕はその手を握り、真摯に頭を下げるのだった。


三日後、僕は中央区画のイベントホールへと足を運んだ。

もう何度も来た場所だから迷う事もない。勝手知ったる何とやらだ。そのまま記者会見の場まで歩いていく。

報道部や新聞部の記者達は相変わらず飴玉に群がるアリのようだった。彼らの前を通るたび白い光が瞬く。

壇上に上がり、適当にあいさつを済ませ、僕はいきなり本題へと入る。

「我々大倉商業は、先日牛丸亭株を七〇〇ホープで買い付けると言いました。しかし一旦それを撤回し、代わりにスターマートが牛丸亭株を一株一四〇〇ホープにて申し受ける事を発表いたします！」

会場が大きくざわついた。

一株一四〇〇ホープともなれば、もはや牛丼戦争前よりも高い。星住さんが吹っ切れてくれたおかげで実現したトンデモ価格だ。あの子も大概狂ってると思う。

記者達の声が静まるまで待ち、僕は深呼吸をして続ける。

「更にスターマートは、スパークリンのホワイトナイト役を引き受ける事に同意してくださいました。すでにスターマートと我々はスパークリン株を六三・七パーセント保有しており、花上グループが仕掛けたパックマンディフェンスは失敗に終わると確信しております。皆様、安心して我々に付いてきてください！」

正確に言うと、スターマートは一二・七パーセントを買っただけだ。この三日の内に、一〇パーセント株主の顧問をとっ捕まえたのである。

三パーセント株主である布施さんも、花上に見切りをつけたみたいだし、花上グループがスパークリン株を三分の一以上買い集める事は実質的に不可能だろう。

この日の記者達の熱狂っぷりは凄まじく、花上グループVSスターマートの話題で沸いた。ニュースを見ればどこのチャンネルでも御三家同士の戦争の話。新聞や雑誌にはもはや、怪獣大決戦かという勢いで壮大な文言が並べられている。

大倉商業と牛丸亭の戦争の話題などどこへやらだ。みんな、この戦いの趣旨を忘れてるんじゃないだろうか。

《花上マーケットは、牛丸亭株のＴＯＢ価格を一四二〇ホープに変更いたします》

花上は淡々とした口調で告げていた。

チマチマ上げてくる作戦のようだが、スターマートの資金力の前には雀の涙だ。それを知っての余裕なのか、それともポーカーフェイスなのかはわからない。盛り上がっているのは記者ばかりである。

更に花上は、一転して深刻そうな顔になる。

《それと……一つ皆様にご報告しなければならない事があります。先日牛丸亭で発覚した労働環境問題において、業務内容の苛酷さを証言いたしました女性オーナーに対し、大倉商業部長の大倉氏が賄賂を贈っていた事が判明しました》

それを画面越しに聞いて僕は仰天した。

耕一が哀れみさえ感じさせる目を向けてくる。

「翔、お前……」

「ちがう！　僕は賄賂なんか贈ってないよ！　夢路さんなら信じてくれるよね⁉」

「わいろって何？　ういろうの仲間？」

僕の癒やしは夢路さんだけである。

それはさておき、テレビだ。どよめく記者達などどこ吹く風で、花上はぬけぬけと言い放つ。

《賄賂の内容は飲食費という事がわかっており、業務の苛酷さを過大に証言する見返りに、これを渡したようです。牛丸亭を擁護する意図は微塵もございませんが……これは実に由々しき問題だと、私は考えております》

それを聞いて、僕は花上の意図を理解した。

「……ジューイッシュ・デンティストだ」

「何だそりゃ？」

「買収を仕掛けてきた相手——つまり僕の社会的評価を貶め、自分達を有利にする戦術だよ。情報工作、あるいはネガティブキャンペーンと言い換えてもいい」

そういや布施さんにパンを買ってあげた店は、ひまわりパンの加盟店だった。そしてひまわりパンは花上グループの一つである。布施さんか店員を捕まえて話を聞き出したんだろう。

花上の野郎……舐めた真似をしやがって。僕を怒らせた事を後悔させてやる！

僕は早速、次の記者会見の資料作成に取り掛かった。

「スターマートに代わりまして、大倉商業部長の私から、ご報告させていただきます。スターマートは、牛丸亭のＴＯＢ価格を一株一四五〇ホープへ変更する事を決定しました」

激しくフラッシュを浴びる僕。その間も説明を続けていく。

「更に、今後花上マーケットがＴＯＢ価格を値上げした場合、スターマートはそれよりも上の価格を提示する事にも同意してくださっています。このＴＯＢにおいて、我々の勝利はもはや揺るぎないものとなりました事を、皆様もご理解いただけたかと思います！」

彼らの驚きの顔を一望に収めていると、記者の一人が手を挙げた。

「先日、花上部長が行った記者会見において、大倉商業が賄賂を贈ったとの報道がなされました。これについて詳しく教えていただきたいのですが」

記者は僕を糾弾するような目つきだった。よく見れば他の連中もどこかトゲトゲした雰囲気を漂わせている。

ここで認めようものなら、僕は記者達から猛バッシングを受けるだろう。そして今日明日の新聞やニュースで面白おかしく書き立てられる。そうなれば僕らのＴＯＢに応じる株主は激減する事間違いなし。

ただ、布施さんにパンとジュースを奢ったのは本当だ。ここは変に言い訳などせず、ありのまま答えるべきだろう。

「彼女に飲食物を差し上げたのは事実です」

「それは、賄賂を認めたという事でしょうか？」

「ちがいます。彼女は財政状況が逼迫し、日々の食事にも困窮しておりました。なので緊急措置として、その場にたまたま店舗を構えていたひまわりパンにて、パンを二個、オレンジジュースを一本、合計五〇〇ホープ相当の飲食物を購入し、お渡ししたのです」

できるだけ誠実そうに聞こえるよう、僕は淡々と話す。

「彼女は牛丸亭での過酷業務に精も根も尽き果て、店を畳んだ直後でした。そして生活費もなく、近所の飲食店で残飯を求めているような有様でした。およそ人間らしい生活をしているとは、とてもではありませんが思えなかったのです」

そこで、あえて胸に何かがつっかえたような演技を披露してやった。今にも泣き出しそうなほど肩をぶるぶると震わせる。

「わたくしは……彼女を見て心を痛めました。放っておく事などできませんでした。だから飲食物を購入し、お渡ししたのです。日々の食にさえ困窮する市民に手を差し伸べる事は、悪でしょうか？　彼女を見捨てる事は、果たして正義でしょうか⁉　わたくしはそうは思いません。ですが、もしもあれが賄賂だというのなら……わたくしは罪人のそしりを甘んじて受け入れる覚悟です！」

ダメ押しに僕はテーブルを拳で打ち付ける。

すると、一拍置いてパチパチとまばらな拍手が聞こえてきた。最初は小さかったその音は、次第に大きくなってゆき、やがて岩場に打ち付ける滝のように盛大なものへと変わってゆく。

どうやら作戦は成功のようだ。

この日の夕刊には、まるで聖人君子のごとく僕を褒め称える記事が掲載される事となった。

熾烈を極めたＴＯＢ合戦にも、終わりの時は存在する。

本日は一一月二九日。とうとう運命の朝がやってきた。

今日は夢路さんの一六歳の誕生日前日であり、奇しくもＴＯＢ戦争に決着がつく日でもある。

ＴＯＢは、株式の値段を公表した上で、売ってくれる株主を広く募集する方法だ。逐一買い集めるわけではないし、細々とした事務処理は証券クラブに委託しているため、今どれくらい集まっているかは連絡があるまでわからない。

そんなわけで、僕は耕一や夢路さんと一緒に春日井食堂の隅っこのテーブルを囲っていた。ちなみに本日の店員はアルバイトの女子生徒だ。

朝っぱらでも席の半数以上が埋まっており、それなりに賑わっている。ＴＯＢの結果を知るだけなら本部でも良かったけど、何となく静かな雰囲気で待つ気になれなかった。

そうして待つ事、一時間弱。僕のスマホが震えた。連絡を受けてＴＯＢの結果を聞き、僕は二人にそれを伝えてやる。

「……やったよ。ＴＯＢ成立だ！」

その瞬間、二人に笑顔が戻った。

牛丸亭の買収が成功し、花上グループの崩壊が秒読みに入ったのだ。あとは明日までに一億ホープを捻出し、夢路さんにかけられた願いを消し去るのみ。

　僕は席を離れ、星住さんに電話をかけて事情を話す。

《……大倉さん、本気ですか？》

　信じられないとでも言うように、彼女は訝しんでくる。だけど僕は揺るがない。この交渉の成立こそが、今まで僕が目指してきた集大成なのだ。

「僕は本気です。星住さんにとっても悪い話じゃないと思います」

《たしかに悪い話ではありませんが……本当にいいのですね？》

「二言はありません」

《何なら私の下で働いてくれてもいいのですよ？》

「ありがたいお話ですけど、遠慮させていただきます。本来の目的は達成できましたから」

　電話口で、小さくため息が聞こえた。

《……やれやれです。本当にあなた達はビジネスそっちのけですね》

「あなた達？」

《こちらの話です》

　何やら含みを持たせた言い方だ。耕一や夢路さんまでビジネスそっちのけと言いたいんだろうか？

「まぁ、よくわからないけど褒め言葉と受け取っておきますよ」

《そうしてください。では交渉成立です。できるだけ早くお金を振り込んでおきます》

「本当に助かりました。あなたには感謝してます、ありがとう」

《……お礼は不要です。ビジネスですから》

そこで電話は切られてしまった。素直じゃない子だ、笑えば結構可愛いのに。

苦笑しながら僕は席に戻る。

オールバックに黒縁眼鏡をかけた男が入り口前に現れたのは、そんな時だった。

「やってくれたじゃないか、大倉君」

学ランを身に着け、僕を鋭く睨み付けている。その人物を、僕はよく知っている。

「花上……兼光っ！」

僕が名を呼んだ事で、食事をしていた客達がどよめきの声を上げた。

「何をしに来た⁉」

「何って、お祝いだよ。ボクに勝利してさぞかし喜んでいたんだろう？」

「お祝いだと……？」

「そうさ。腹立たしいが……その手腕だけは認めてやってもいい。よくぞこの短期間でそこまで資金力をつけたものだ」

花上の言葉には怒りの感情も含まれていたが、本気で僕を称賛しているようでもあった。

大倉商業グループと花上グループは、規模こそ違えど構造は似ている。もしかするとあいつは、グループ崩壊の危機に追いやった僕を憎むと同時に、これまで似たような苦労を重ねて来た僕に共感しているのかもしれない。

「大倉君の経営手腕、TOBでの駆け引き、実に見事だった。心から称賛しよう」

「……諦めたのか？」

「まさか」

花上は余裕の態度で笑う。

「諦めるも何も、TOB合戦はまだ終わっていないじゃないか」

「なに……？」

TOBは終了したはずだ。公開買付は昨日で終了したし、勝敗はさっき報告を受けた。あとはその結果を公表し、僕らが学園長に公開買付報告書を提出するだけ——

「——まさか、お前⁉」

花上の口角が不敵に上がった。

「そう……今日中に学園長へ公開買付報告書を提出しなければ、株券の決済は行われない。つまりTOBは無効になるわけだ」

予想だにしない手段に、僕は戦慄した。

花上にとって、公開買付報告書の提出は詰みの一手。だが今日の夕方に学園長が仕事を終えるまで僕らを拘束すれば、ＴＯＢを防げる上、夢路さんにかけた願いの期日を迎えられるのだ。

「汚いぞ！　男ならビジネスで戦えよ！」

「そういうキミは、ここへ来るまで汚い手を一度も使った事がないのかい？」

ぬけぬけと言い放つ花上。

だが、僕は言い返す事ができなかった。スパークリン買収の時にはロリコン教師をたぶらかそうとしたし、スターマートの協力を得るためにスパークリンを囮にしたのだ。

そんな僕を満足気に見ながら、

「わかったかい？　ビジネスは戦争なのだ。戦争に汚い手段は付き物だろう。歴史がそれを証明している」

そしてゆったりとした動作で胸ポケットから黒いカードを取り出す。

ＶＩＰだけが持つ事を許されるクレジットカード——通称ブラックカードだ！

「耕一、夢路さんを頼む！」

とっさに僕も財布から僕名義の赤いキャッシュカードを抜いた。耕一が夢路さんを下がらせ、他の客も潮が引くように食堂から離れていく。

キャッシュカードの裏面には、三三〇万の数字が表示されている。大倉商業と春日井食堂チェーンの役員報酬から、学費を抜いた金額である。ＴＯＢ戦でスターマートが参戦してくれたため、使わずに済んだ資金だ。

そして——互いに息を吐く間もなく願う。

「公開買付報告書を学園長に配達しろ！」

「大倉君の願いを打ち消せ」

僕の周囲に空間の亀裂が走った。大量の粒子が濃密な霧となって場を漂う。

「そ、そんな……!?」

キャッシュカードの液晶には、二三〇万の数字が並んでいる。

一〇〇万ホープも使ったというのに、一瞬で消し飛ばされてしまったのだ。

「さぁ、次はどうするんだい？」

「くっ……耕一！　証券クラブに電話してくれ！」

「おう！」

急いでスマートフォンを取り出す耕一。だが花上の笑みは消えない。

「大倉商業グループすべての通信機をハッキングしろ」

直後、耕一のスマートフォンが暗転した。焦った様子で画面を連打しているが、無反応のようだ。

「……翔！　ここは俺が何とかする！　お前は証券クラブに行って報告書を！」

「わかった！」

走りだそうとした僕へ、花上は嘲笑を向けながら、

「逃げられると思っているのかい？」

「当たり前だろ！　お前なんかと遊んでる暇なんか――」

裏口に走ろうとしたところで僕の視界に入ったのは、無数の光り輝く人型のシルエットだった。もはや動く壁と言った方がいいかもしれない。

「なん……だ……これ……？」

「ああ、そういえば言ってなかったね。すでに春日井食堂の周囲には喚び出した一〇〇体の警備員達が取り囲んでいるんだ」

何でもない事のように花上は言う。

一体いくら注ぎ込んだのか。物量に圧倒され、僕は二の足を踏んでしまう。

「くそっ……ボディガードを雇い入れる！　僕を守れ！」

残った二三〇万ホープをすべて消費し、ガタイの良い光の人形を召喚する。

狙うは一点突破だ。この場から逃げ切りさえすれば何とでもなる！

「大倉君のボディガードを打ち消せ」

「そうはさせねえ、翔のボディガードに追加料金だ！」

耕一達の周囲に光の粒子が舞った。ボディガードの輝きが増した直後、花上周辺の空間がガラスのように砕けて消える。

「翔、行け！」

「助かる！」

警備員部隊を蹴散らすボディガード達。その背後に隠れるように僕は走る。

「……面倒な真似を。大倉君のボディガードを打ち消せ」

「なっ⁉」

眼前を走る光の人形が弾けた。無数の粒子となって僕に降り注ぐ。

警備員達の凄まじい物量により、僕はあっという間に取り囲まれる。

もはや万策尽きた。

三三〇万ホープあった資金は今やゼロ。耕一の方もそれは同様らしく、苦虫を噛み潰したような顔で首を振る。

対する花上はまだまだ余裕がある様子。ブラックカードの持ち主である以上、その資金力は底知れない。

その時、僕のキャッシュカードの数字が変化した。星住さんの振り込みがたった今済んだようだ。

それを見て、僕の脳裏に閃光が走った。思いも寄らぬ勝機をつかみ、全身が震える。

花上はそんな僕を面白そうに眺めながら、

「まだ諦めないのかい？」

「……諦めるも何も、あんたの負けだよ。花上」

「なに？」

光の警備員達の中、僕は振り返った。そして耕一へ顔を向ける。

「耕一、お前が協力してくれたからこそ大倉商業は大きくなった。そのおかげで、僕は一億なんて大金を稼ぐ事ができたんだ。感謝してもしきれないよ」

一億という言葉で、耕一は察したようだ。

「……売ったのか、大倉商業を」

僕はうなずいた。星住さんと取引をして、僕が持つ資産を一つ残らず売却したのだ。

「もはや大倉商業は僕のものじゃない。現時点をもって、一〇〇パーセント株主であるスターマートに全権利が移った。部長職もスターマート役員にすげ替えてもらった。つまり、僕に公開買付報告書を提出する義務はなくなったんだよ」

「……」

花上は空恐ろしいほどの無表情で、僕を見つめる。

あとは、この一億ホープを使うだけだ。

「翔君！　待って!?」

「よせ、春日井さん！」

青い顔で僕に駆け寄ろうとする夢路さんを、耕一は押しとどめてくれている。いつだって頼りになる親友だ。

「僕は最初からこうする事を決めていた。この日のために僕は全てを費やして来たんだ。この半年で金策に駆けずり回り、ようやくたどり着いた集大成を——花上、お前に見せてやる！」

再びキャッシュカードを構え、僕は叫ぶ。

「一億ホープで願う！　夢路さんにかけられた願いを全て打ち消せ！」

願いを放ったと同時に、猛烈な光の渦が巻き起こった。桁違いの粒子の海が次々と湧いては消えていく。

その中心に立っていた夢路さんは、呆然と僕を見つめていた。髪がはためきリボンが外れて、ポニーテールが解けていく。

そして——僕の周りで、猛烈な願いのかけらが砕け散った。

僕の願いが負けたのだ。

「なん……だと……!?」

苦鳴の声を漏らす僕。何が起きているのかわからず、思考がまとまらない。

場に静寂が戻るや、突然花上がくつくつと笑い始めた。

「事業を売却して一億か……本当に愚かな事をしたね、大倉君」

「どういう事だ……？」

「ボクがそのくらいの事を考えていないはずがないだろう。だから、前もって願いを合計二億ホープになるよう追加しておいたのさ」

言われて僕は絶句した。

僕らが死に物狂いで稼いだ一億を、花上は更に上乗せする事で打ち消したと言うのだ。

「おかげでボクの資金もほぼ底をついたよ。ＴＯＢ戦も完敗だったしね。本当に……キミはすごい男だった。尊敬してもいい」

花上は疲れたようにテーブルに手をつき、ブラックカードを放り捨てた。奴も全てを懸けて僕の願いを打ち破ったようだった。

もはや為す術はない。持てる全てを売り払って稼いだお金を使い果たしたんだ。この上、更に一億なんて、どうやってもひねり出す事などできない。

「……兼光君、今のは本当なの？」

そんな中、夢路さんが足を踏み出した。

「本当だとも。ボクはキミのために全てを捨てて、今まで突っ走って来たんだ」

「どうして？」

「キミの事が好きだからだ。みそ汁じゃなく、春日井さん本人がね」

花上と夢路さんが向き合う。二人の距離は近く、もう一歩踏み出せばキスでもできそうなほどだった。

「覚えているかい？ 三年前、ボクが財布を失くして困っていた時、キミは食堂でご馳走してくれた。嫌な顔一つせず、ボクを招いてくれた。好きになったのはその時からだ」

奇しくも花上の動機は僕と同じだった。財布を落として困っていたところまでそっくりだった。そりゃあ空腹の時に夢路さんの手料理を食べたら、僕らなんてイチコロだろう。人の優しさに飢えていたなら、夢路さんに惚れてしまうのも無理はない。

「春日井さん、ボクはキミの事が好きだ。明日、ボクと結婚して欲しい」

花上は微塵も羞恥せず言ってのける。

「兼光君……」

夢路さんは目を潤ませながら更に一歩踏み出して――


パァンっ！


と、小気味良い平手打ちの音が響いた。

花上は呆然と立ち尽くしている。その左頬には小さくて赤い手の痕が浮かぶ。

「春日井さん……？」

「ごめんね。兼光君の気持ちは嬉しいけど……わたしには応えられないよ」

夢路さんはセーラー服のポケットから赤いカードを取り出す。

学園銀行で発行されたキャッシュカードだ。その額、およそ一億ホープ。

「翔君もごめんね。せっかくがんばって守ろうとしてくれたのに、無下にしちゃって。でも、おかげで借金はだいぶ返せたよ。あとはお婆ちゃんだけでも何とかなるくらいには」

僕の方を振り返り、夢路さんは涙を浮かべる。

「……ど、どういう事？」

「学費を払えなくなっちゃったって事だよ。わたしね、前に打ち合わせをした時きらりちゃんにお願いしたの。TOBで勝ったら、春日井食堂チェーンの全権利を買い取って欲しいって」

「っ⁉」

その意味を、僕は数呼吸遅れて理解した。

夢路さんは春日井食堂チェーンの権利を、丸ごとスターマートへ売り払っていたのだ。

そして同時に、そんな事をした理由にも気付いた。

いくら夢路さんが天然で、ちょっとばかし鈍くさくても、自分にホープで願いがかけられたとあれば調べようとくらいするだろう。ましてやかかる費用はたった一〇〇ホープ。何の障害にもなりはしない。

夢路さんは花上にかけられた願いを知っていたのだ。打ち消さなければ、明日結婚させられると。そして結婚させられるくらいなら、学園を去る事になった方がまだマシだと、きっとそう思ったにちがいない。

「春日井さん……そんなっ⁉」

すがる花上の手を振り払い、夢路さんは奴を睨む。

そしてキャッシュカードを胸に抱き——願った。

「わたしにかけられた一億ホープの願いを打ち消して！」

叫んだ瞬間、白い閃光が辺りを包んだ。

僕の時と同じ規模の粒子の嵐が巻き起こる。その見えない圧力は、なおもすがろうとする花上を弾き飛ばしていた。

その光景を見て、僕は笑みをこぼす。

お金で買えないものがある事を、僕は証明したかった。そのために今まで戦ってきた。

本当に証明できたかはわからない。夢路さんを救えなかった以上、僕の行動には何の意味もなかったかもしれない。だけど夢路さんの心が大金を払っても買えない事は、今回の件で証明されたんじゃないだろうか。

一億ホープの願いが生んだまばゆい光を見ながら、僕はそんな事を思った。

エピローグ
kimi no MISOSHIRU no
tamenara,boku wa oku datt
kasegeru kamo sirenai
EPILOGUE

あれから一週間が経った、朝の事だ。

僕は春日井食堂前でぼんやりと空を見上げていた。

これまで金策に駆けずり回っていた分、やる事が無くなると暇でしょうがない。定年退職したサラリーマンの気持ちはこんな感じなのだろうか。

「よう、こんなところで何を突っ立ってんだ？」

肩をポンと叩いてきたのは耕一だった。相変わらず気さくに笑いかけてくる。

「朝ご飯を食べに来たんだけど、何となく入りづらくてさ」

「ここまで来て何言ってやがる。いいから飯食うぞ」

半ば強引に引っ張り込まれる僕。すると割烹着を着た店員さんがやって来た。

「いらっしゃいませ。メニューがお決まりになったら声をかけてくださいね」

僕は鬱オーラ全開でどんより答える。

「夢路さんを注文する……」

「バカヤロ、それは注文じゃねーから。店員さん、みそ汁定食二人前で」

そんなやり取りを見て困ったように苦笑し、店員さんは水だけ置いて行ってしまった。

「夢路さんなら注文するまでもなく持って来てくれるのに……」

「いや、普通にいつも注文してたと思うが」

「今頃どうしてるかなぁ？」

「さーな。元気でやってるだろ」

「会いたいなぁ……」

なんて事を話している間に、店員さんがお盆を持って来た。耕一が注文してくれたみそ汁定食二人前だ。

「お待たせ、二人とも」

聞き覚えのある声に、ふと顔を上げる。

そこにいたのは、小さな体に割烹着をまとい、髪をポニーテールにした女の子。

他でもない夢路さんだった。

「どうしたの、翔君？」

大きな目をパチクリと瞬かせる。

「……あれ？　夢路さんがいる？」

「うん、いるよ」

「夢路さん本人？」

「本人だよ」

「もしかして幻覚？」

「幻覚じゃないと思うけど」

「学費払えなかったんじゃ？」

「払えなかったよ」

それじゃどうしてここにいるんだろう？　いや、夢路さんがいるのは嬉しいんだけど。

そんな疑問に気付いたのか、彼女は笑って話してくれた。

「きらりちゃんが学費を全額支援してくれたの」

「星住さんが……？」

「うん。なんかね、わたしがいないと困るんだって」

「ふむ……。つまりあの子は百合属性持ちだという事か」

「アホか、どう考えてもビジネス上の話だろうが」

耕一め、野暮なツッコミをしてきやがる。

「それにしても星住さんめ……こんな重要な事を僕に黙っているとはとんでもない奴だ！　一言物申してやらないと気が済まない！　ちょっと行って来る！」

「おい待て、みそ汁定食もう来てるぞ。どうすんだ？」

「食べてから行くに決まってるだろう！　いただきます！」

僕は箸とお椀を手にし、みそ汁を飲む。

「夢路さん、おいしいよ！　いつも以上においしいよ！」

僕の言葉に、夢路さんは可愛らしく頬を染めた。

「ほんと？　今日のはちょっと工夫してみたんだけど、違いわかる？」

「もちろんわかるよ！　えーと……とにかくうまいよ！」

「本当に適当だなお前は……」

ため息を吐く耕一をよそに、僕は夢路さんの笑顔を見てほっこりしていた。


スターマート本部に行くと、星住さんが出迎えてくれた。

ビル内にある喫茶店へ案内され、席につく。

「本当にありがとうございました。事業買い取りだけでなく、夢路さんの学費まで工面してくれて、なんとお礼を言っていいか……」

「別にいいですよ。未来への投資と思えばさほど悪くもないですし。それに彼女がいなくなると新メニューの開発が滞るので」

「それでもお礼を言わせてください。本当に助かりました」

「私はお金を出しただけです。戦ったのは大倉さん達です」

「でも、星住さんが協力してくれたからこそ勝てたのは事実ですから」

そう言うと、星住さんの頬がほんのり赤くなった。それを誤魔化すように彼女はメニュー表を差し出して、

「……何か食べますか？」

「いえ、実はさっき春日井食堂で食べてきたばかりでして」

「実はここの喫茶店、スターマートの商品と同じなんです」

「ほー、そうなんですか」

「中には私が開発したデザートもあるんです」

「それはすごいですね」

「特にこの抹茶クレープなんかおすすめです」

「ほうほう」

「とてもおいしいですよ」

「たしかに」

「……」

「……」

何だろう。僕に食えと言っているんだろうか？　さっき春日井食堂で朝飯食ったばかりだと言ってるんだけども。

僕が沈黙していると、星住さんはジトッとした目を向けてきた。

「実は資金調達、結構苦労したんです」

「それは……お手間を取らせて申し訳なかったです」

「ＴＯＢ資金と二億数千万ホープ、結構大きかったので大変でした」

「そ、そうですか……」

「ところでこの抹茶クレープ、実は人気商品なんですよ」

「ほ、ほう……」

「ちなみにこの抹茶クレープは私が開発を主導したんです」

どうやら退路など最初から無かったようだ。ビジネス関係とは、時に茨の道を踏み進む覚悟が必要なのである。

膨れた腹をさすりながら、僕は引きつった笑みを浮かべて頭を下げた。

「ぜひいただきます……っ！」

「そうですか」

星住さんはほんのわずかに口元を緩める。

いつもその顔をしていればいいのに。


その後、寮室へ戻る道中に布施さんと出くわした。

「どうも」

「待ってたわ」

どうやら僕を待ち伏せていたようだ。

「何か用ですか？」

「別に。大した事じゃないけど、ちょっと話をしようと思ってね」

「はぁ、何でしょう？」

「ここじゃ何だし、ちょっとその辺のお店に入りましょう」

そう言って僕に付いて来いと目で訴えかけてくる。あまり行きたくない気分になるのは布施さんの普段の行いのせいだろうか。

そうして向かった先は、スクールバーガーの店舗だった。

「何か食べる？」

「いや……さっき朝食にデザートまで済ませたばっかりで……」

「遠慮しなくていいわ。デリシャスバーガーセットでいいわね？」

よくないよ！

しかし何度断っても遠慮しているだのプライドが高いだのと取り合わず、布施さんは強引に注文を済ませてしまう。そして二人分の小さな席に座らされる事となった。

「さ、食べて。今日はあたしの奢りだから」

「いやいや、本当に無理で……」

「男の子ならそのくらい食べられるはずよ」

ひどい偏見だ。男の胃袋をブラックホールか何かと勘違いしてるんじゃないだろうか。

「っていうか、貧困生活は脱したんですね」

「脱してないわよ。牛丸亭からもらった謝罪金で食い繋いでるだけだし。なんかスターマートがやってる労働環境改善策の一環らしいわ」

「は……？　そんな大事なお金で僕に奢って良かったんですか？」

「いいのいいの、これは未来への投資だから」

布施さんはニコニコと営業スマイルを全面に押し出しながら、

「大倉君、前に春日井食堂で雇ってくれるってお話をしてくれたでしょう？　あれ、ちょっとお願いしたいのよね。ほら、あたしって元はスパークリンの経営者だったわけじゃない？　これでも結構仕事はできると思うのよ」

「ずいぶんと売り込んでくれるのはいいんですが、無理ですよ」

「またまたぁ、そんな事言ってあたしを驚かそうったってそうはいかないわよ」

「いや、本当に無理なんですよ……。僕はもう春日井食堂の株主でも部長でもないですし」

「はぁっ!?　どういう事よ！」

「だから、花上をやっつけるために全財産を叩いたんですよ。ちなみに、今の大株主はスターマートですね」

「なんでそんな事したのよ！　あたしが奢ったデリシャスバーガーセットはどうなるの!?」

僕の襟首をつかんでブンブン振り回してきやがる。吐きそうだからやめてください。

「これじゃまた残飯漁りに逆戻りじゃない！　せめてあたしを雇ってから散財しなさいよ！」

「そんな無茶な……」

　と、布施さんは急に手を止める。そして一転して胡散臭い笑顔を作り、僕に向かって猫なで声を発してきた。

「あ、だったらこういうのはどうかしら？　あたしとあなたで新しいビジネスを始めるの。敏腕経営者同士、仲良くやれば大儲けじゃない？」

　この人が敏腕だったところを僕は一度も見てないんだけどな。


　そんなこんなでお昼になり、僕は再び春日井食堂の前にやって来ていた。

「おい、翔。いつまでここにいるつもりだ？」

　物陰から中の様子を窺う僕に、耕一が叱咤してくる。

　視線の先にいるのは、白い割烹着を着たポニーテールの女の子。笑顔と料理の腕前は誰にも負けない天使であり、僕の初恋の相手でもある夢路さんだ。

「うん、わかってるんだけどね。ウザがられたりしないかな？」

「あの子が誰かをウザがるところを俺は想像できん」

「またみそ汁に変換されたりしないかな？」

「それはお前の言い方次第だ。ちゃんと言えばもしかすると伝わるかもしれんぞ」

「で、でも、今行くと迷惑じゃないかな？」

「ええい、芋ってんじゃねえ！　さっさと行って砕けて来い！」

ゲシ、と尻を蹴飛ばされた。

そうして無理やり食堂へ押し込まれ、夢路さんの前に躍り出る。

「わ、翔君あぶないよ」

「夢路さん！」

「うん？」

突然大声を発した僕を、黒真珠の瞳で見つめてくる。

「ずっと前から好きでした！　みそ汁も好きだけど、夢路さんが好きなんです！　付き合ってください！」

そう言うや、僕は全力で頭を下げる。

時間にして数秒くらいだろうか。たったそれだけの時間が、今はものすごく引き伸ばされたように感じる。

やがて夢路さんは目を泳がせながら顔を真っ赤にして、

「お……おみそ汁定食の定期購買ね、もちろんいいよっ」

その答えに心が折れ、ガクッと膝を折る僕。夢路さんは顔を逸らし、その前を足早に通りすぎてゆく。

また、みそ汁に変換されてしまった……。一体何が悪かったというのか……。

そんな僕の肩に手を置き、耕一が慰めてきた。

「まぁ、気にするな。少なくとも断られたわけじゃねーだろ」

「そうだけどさぁ、どうやったらちゃんと伝わるのかなぁ？」

食堂の地面に崩折れたまま、働く夢路さんを視線で追う。そこで、僕はある事に気が付いた。時々目が合うのに、合った途端なぜかすぐに背けられてしまうのだ。今までは笑顔で手を振ってくれていたのに。

「やっぱり嫌われてるんじゃないかなぁ……」

「いや……案外伝わってるんじゃないかって俺は思うぞ」

僕の肩をポンポンと叩き、耕一は気休めの言葉をかけてくる。そして勢い良く立ち上がり、僕に笑いかけた。

「それじゃ、気を取り直して昼飯食おうぜ」

「今、お腹いっぱいなんだけど……」

「なんだ？　どっかで食ってきたのか？」

「まぁ、少々……」

食べたのは朝だけど、量が多すぎたようだ。ひもじい経験をした僕には、食べ物を残す事などできないのである。

「じゃあ昼飯は食わないのか？」

「うん……やめとくよ」

その時、トタトタと足音を立てて夢路さんが駆け寄って来る。

「ねぇねぇ、翔君。今度の新メニューなんだけど、白みそ豚汁定食を作ったの。もし良かったら味見してくれないかな？」

純真無垢な瞳を向けられ、僕は一瞬答えに詰まる。

そして赤いのか青いのかわからない顔で答えるのだった。

「も……もちろん食べるよ！」

お金で買えないものもある。

だけど僕の気持ちは、夢路さんの料理で買えてしまうのかもしれない。

あとがき

初めまして、えいちだです。

突然ですが、僕は文字の読み書きができます。

別に国語力が飛び抜けて優れていたわけではありませんし、作文が得意という事も特になかったのですが、日常生活に支障がない程度には読んだり書いたりできます。

そこで、僕はこう考えました。


読めるし書けるのだから、文字の集合体である小説だって理論上は書けるはず。

好き勝手に書き散らすだけじゃ駄文にしかならないけれど、面白く書く技術さえモノにすれば、プロにだってなれるんじゃないか？　どうせやるならでっかい目標をぶち上げちゃうか。

よし、新人賞で大賞を取ってミリオン作家を目指そう！


……そうしてペンを執り、十年。

周りに「大賞取るよ！」「プロ作家になるよ！」と散々大口を叩きまくりながら最終選考にかすりもせず、第二十三回電撃小説大賞の四次選考であえなく落選し、涙に濡れて過去作フォルダへ埋葬されていたところを拾い上げられたのが本作となります。

無限のやる気と折れない心だけが僕に与えられた唯一の才能と信じて書いてきましたが、世の中そうそう理論通りにはいかないものですね。

しかし、「思考は現実化する」と偉い人が言っていました。日本には言霊なんて考え方もあります。「できない」と口にすればできる事もできなくなり、「できる」と言い続ければできなかった事もいつかできるようになるのです。

例え当初思い描いていた目標には届かずとも、諦めずに続けていれば、近いところまでは行けるのではないでしょうか。

だから、僕はこれからも大口を叩き続けたいと思います。

いつか目標を現実にするために。

僕はミリオン作家になるっ！

以下、謝辞となります。

ボロ雑巾のようになっていた僕に声をかけてくださった担当編集の大谷様。

二千通を超えるゴミメールの中から、一ヶ月半前に受信した拾い上げメールを見つけた時は嬉しさよりも先に絶望感が湧きましたが、笑って許してくださって本当に感謝しています。あれ以来メールチェックは日課です。

可愛らしいイラストで本作を彩ってくださったシソ様。

頭の中で薄モヤに包まれたようなキャラクター達に素敵なビジュアルを付けていただきありがとうございます。初めて見た時は本当に感激しました。編集部からラフをいただくたびにワクワクが止まらず、日々意味もなく眺めております。

校閲から製本、流通、販売まで広く出版に携わってくださった方々。

皆様のおかげで本作がこの世に誕生する事ができました。校閲や製本の工程がなければ本になりませんし、流通と販売がなければビジネスが成立せず、きっと本にする理由がなくなっていた事でしょう。


今まで応援してくれた家族、友人達。

皆さんがいなければデビューまでの期間はきっと倍以上になっていたと思います。

特に処女作から僕が書いた作品を一つ残らず読んで感想をくださったAさんには足を向けて寝られません。締め切り前夜に渡した長編小説を一晩で読んで詳細な感想をくれた時など、感謝を通り越して驚愕しました。

そしてこの本を手にとってくださったあなた。
貴重な資金と時間を割いていただき、感謝の気持ちでいっぱいです。
この物語に投じた資金と時間を倍する何かがあなたに返る事を、心より願っています。

二〇一七年一一月

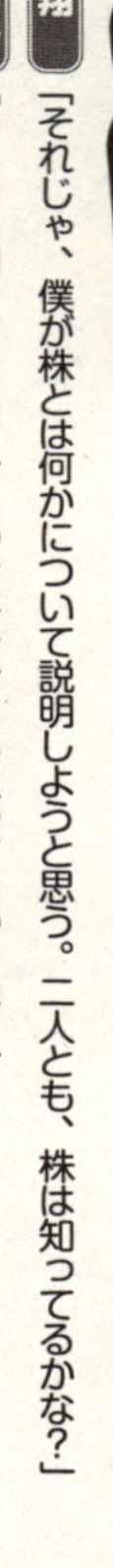

翔「それじゃ、僕が株とは何かについて説明しようと思う。二人とも、株は知ってるかな？」

夢路「もちろん知ってるよ。今日のおみそ汁にも入ってるからね！」

耕一「春日井さん、そのカブじゃねえから。売り買いする方の株だ」

夢路「おみそ汁の具材も売り買いしてるよ？」

翔「よし！　二人ともわかってるようなので続けよう！」

耕一「おいおい、いいのかよ……」

翔「株というシステムをわかりやすく言うと、シェアハウスみたいなものだ。シェアハウスは知ってるよね？」

夢路「お金を出し合って、一つの家に共同で住む事だよね？」

翔「その通り。仮に一〇〇万円の家があったとして、僕と夢路さんが五〇万円ずつ支払ったとする。この場合、家は誰のもの？」

夢路「普通に考えたら、わたし達二人のものかなぁ？」

翔「そこは普通に考えていいよ。つまり僕達二人の家だ」

耕一「鼻の下のばしながら言うと下心しか見えねーな」

翔「じゃあ次に、僕が六七万円、夢路さんが三二万円、貧乏な耕一は一万円しか支払えなかったとする」

耕一「おい……さりげなく俺を貧乏にするな」

翔「さて、この場合家は誰のものだろう？」

夢路「一応皆のものだけど、ほぼ翔君のだよね」

翔「そう。六七万円を出した僕は、シェアハウス内において誰よりも強い権利を持っているんだ。僕と耕一が同時にトイレへ駆け込んでも、耕一は頭を下げて譲るしかない」

耕一「トイレくらい二つ設置しろよ……」

翔「もちろんそういった提案はできる。六七万円を出資した僕が認めればだけどね」

夢路「つまりそれが株のシステム？」

翔「そういう事。企業が発行した株券全部を一〇〇パーセントとして、その内何割保有しているかで株主の権利が決まるんだ。さっきのシェアハウスのようにね」

夢路「株主の権利の強さってどれくらい？」

翔「社長より強い、といえばわかりやすいかな」

夢路「へぇ、会社のトップより強いんだ」

翔「考えてみれば当たり前だよ。社長は会社を運営する人で、株主はお金を出して会社を買った人。だから会社の所有権は株主にある」

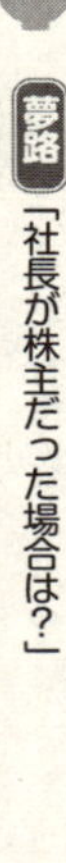

夢路「社長が株主だった場合は？」

翔「それは最強のパターンだ。ワンマン経営や一族経営の会社は、社長が大株主って事が多い」

夢路「その場合は誰も文句を言えないの？」

翔「意見なら言えるけど、すべての決定権は株主兼社長にある」

耕一「でもよ、株って売り買いするものじゃなかったか？」

翔「売り買いできるよ。ワンマン経営だろうが一族経営だろうが、株の取引は可能だ」

耕一「だが経営者と話さずにパソコンで買えたりするだろ」

翔「それは上場している企業の株だね」

夢路「上場って何？」

翔「証券取引所に登録して、自社株を誰でも自由に売買できるようにする事だよ」

夢路「それをすると何か良い事あるの？」

翔「もちろんある。上場するには一定の基準をクリアしないといけないから、登録されているだけで信頼性があるよね。あと売った株の分だけ使えるお金が増えるし、知名度も上がる」

耕一「しかし、新聞を見れば買収騒動があったりして大変そうだぞ？」

翔「株式のデメリットだね。どこの誰が買うかわからないから、ライバル企業なんかに買われたり、乗っ取られたりする恐れもある。シェアハウスの例で言うと、お金を出して権利を得た誰かがトイレを無くそうとか言い出すようなものだ。そうなったら耕一は漏らすしかない」

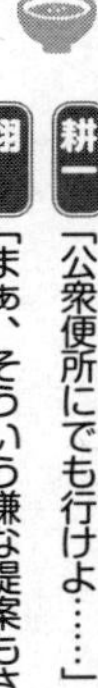
耕一「公衆便所にでも行けよ……」

翔「まぁ、そういう嫌な提案もされる可能性があるって事」

夢路「そのデメリットを考えても、メリットが上回っているの？」

翔「それは場合によるけど、上場しようって会社ならメリットの方が上なんだろう」

耕一「確かにメリットがなけりゃ上場するわけないな」

翔「そうだね。上場非上場、株式の有無に関わらず、何でもそうだと言える」

夢路「そういえば、なんで株って言うんだろう？」

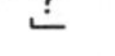
翔「それは諸説あるみたいだよ。株は英語でstockで、切り株とか蓄えるという意味がある。『切り株』には大きな木に成長するイメージがあるし、『蓄える』はそのまま貯金だ」

夢路「そっか。どっちも将来に期待して投資するって事なんだね」

翔「まさにそう。ところで夢路さん。ここに僕という将来有望な株があるんだけど、買ってみない？」

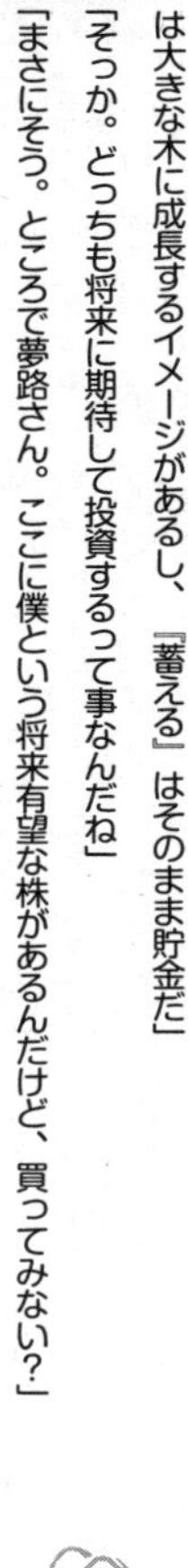
夢路「翔君を？　もちろんいいよ！」

翔「夢路さん……！」

夢路「翔君はがんばりやさんだし、大歓迎！　いつでもバイトしに来てね！」

翔「ですよね～……そうだと思いました～……」

耕一「……やれやれ、不憫な奴だ」

◉えいちだ著作リスト

「君のみそ汁の為なら、僕は億だって稼げるかもしれない」（電撃文庫）

本書に対するご意見、ご感想をお寄せください。

電撃文庫公式ホームページ 読者アンケートフォーム
http://dengekibunko.jp/
※メニューの「読者アンケート」よりお進みください。

ファンレターあて先
〒102-8584　東京都千代田区富士見1-8-19
アスキー・メディアワークス電撃文庫編集部
「えいちだ先生」係
「シソ先生」係

本書は第23回電撃小説大賞応募作品『僕は資本主義の犬になる!』に加筆・修正した物です。

電撃文庫

君のみそ汁の為なら、僕は億だって稼げるかもしれない

えいちだ

2018年1月10日　初版発行

発行者　郡司 聡
発行　株式会社KADOKAWA
〒102-8177　東京都千代田区富士見2-13-3
プロデュース　アスキー・メディアワークス
〒102-8584　東京都千代田区富士見1-8-19
03-5216-8399（編集）
03-3238-1854（営業）
装丁者　荻窪裕司 (META＋MANIERA)
印刷・製本　旭印刷株式会社

ISBN978-4-04-893581-4　C0193　Printed in Japan

電撃文庫　http://dengekibunko.jp/
株式会社KADOKAWA　http://www.kadokawa.co.jp/

電撃文庫創刊に際して

文庫は、我が国にとどまらず、世界の書籍の流れのなかで〝小さな巨人〟としての地位を築いてきた。古今東西の名著を、廉価で手に入りやすい形で提供してきたからこそ、人は文庫を自分の師として、また青春の想い出として、語りついできたのである。

その源を、文化的にはドイツのレクラム文庫に求めるにせよ、規模の上でイギリスのペンギンブックスに求めるにせよ、いま文庫は知識人の層の多様化に従って、ますますその意義を大きくしていると言ってよい。

文庫出版の意味するものは、激動の現代のみならず将来にわたって、大きくなることはあっても、小さくなることはないだろう。

「電撃文庫」は、そのように多様化した対象に応え、歴史に耐えうる作品を収録するのはもちろん、新しい世紀を迎えるにあたって、既成の枠をこえる新鮮で強烈なアイ・オープナーたりたい。

その特異さ故に、この存在は、かつて文庫がはじめて出版世界に登場したときと、同じ戸惑いを読書人に与えるかもしれない。

しかし、〈Changing Times,Changing Publishing〉時代は変わって、出版も変わる。時を重ねるなかで、精神の糧として、心の一隅を占めるものとして、次なる文化の担い手の若者たちに確かな評価を得られると信じて、ここに「電撃文庫」を出版する。

1993年6月10日
角川歴彦

電撃文庫DIGEST　1月の新刊

発売日2018年1月10日

はたらく魔王さま!18

【著】和ヶ原聡司　【イラスト】029

マグロナルド幡ヶ谷駅前店に新店長がやってきた。新体制にバタつく中、さらに千穂も受験のためバイトを辞めることに!　お店と異世界両方の危機を救うべく、魔王に秘策が!?

ストライク・ザ・ブラッド APPEND1 人形師の遺産

【著】三雲岳斗　【イラスト】マニャ子

吸血鬼だけが発症する奇病、吸血鬼風邪に倒れた古城。張り切って彼を看病する雪菜だが……!　シリーズ初の番外編。もうひとつの「聖者の右腕」の物語!

ソードアート・オンライン オルタナティブ クローバーズ・リグレット2

【著】渡瀬草一郎【イラスト】ぎん太【原案・監修】川原 礫

《アスカ・エンパイア》というVRMMO内で《探偵業》を営むクレーヴェル。戦巫女のナユタと忍者のコヨミを助手に迎え(?)、今日も新たな《謎(クエスト)》に挑む。

賭博師は祈らない③

【著】周藤 蓮　【イラスト】ニリツ

賭博が盛んな観光地バースへたどり着いたラザルス。気ままで怠惰な逗留をリーラと楽しむはずだったが、身分不明の血まみれ少女を保護してしまったことで、ある陰謀に巻き込まれ……。

陰キャになりたい陽乃森さん Step2

【著】岬 鷺宮　【イラスト】Bison倉鼠

陽乃森さん陰キャ化事件からしばらく。今度は陰キャ部員たちが陽キャになる……だと!?　って、無理に決まってんだろ……。でもそこに陽乃森さんが加担することで、事態は急展開し――!?

新作 うちの姉ちゃんが最恐の貧乏神なのは問題だろうか

【著】鹿島うさぎ　【イラスト】かやはら

俺は超貧乏人。理由は、俺の姉を自称する貧乏神・福乃が憑いているからだ。見た目が可愛い福乃だが、激オコになると、しょんべん漏らすほど怖い。マジだぜ……。

新作 ゼロの戦術師

【著】紺野天龍　【イラスト】すみ兵

突然人類に発現した異能の力《刻印(ルーン)》。その才能の優劣によって序列を決められる世界。生まれつき《ウィアド(能なし)》のエルヴィンは、ある少女と出会い、図らずも世界の大きなうねりに巻き込まれていく――。

新作 君のみそ汁の為なら、僕は億だって稼げるかもしれない

【著】えいちだ　【イラスト】シソ

大好きな春日井食堂の看板娘・夢路さん(と看板メニューのみそ汁定食)を守る為、貧乏学生である僕が学費100万を元手に1億稼ぐ戦いが始まる!

新作 エレメンタル・カウンセラー ―ひよっこ星守りと精霊科医―

【著】西塔 鼎　【イラスト】風花風花

「こいつは『こころの病』……治せる病気だ」。精霊と対話する『星守り』の巫女・ナニカの前に現れた男・オトギ。二人の、精霊の"心"を救う異世界の旅が始まる――。

新作 天華百剣 ―乱―

【著】出口きぬごし【イラスト】あきは【原作】天華百剣プロジェクト

300万DLを突破した人気スマホアプリ『天華百剣』の原作ストーリーが、いよいよノベル化!　三十二年式軍刀甲をはじめ、強く可愛く健気な〈巫剣〉たちがキミの心を"斬る"!!

田辺ユウ
illust：赤身ふみお
嫌われエースの数奇な恋路
直球！青春！ラブコメ！
ひねくれ男子×ツンデレ女子の数奇な恋！
肩を故障し、あげくに野球部内から
「嫌われエース」と腫れ物扱いされる押井数奇。
そんな彼がマネージャーとして入部した美人で強気で変人な蓮尾凛と数奇な恋路に!?
電撃文庫

ミス・アンダーソンの安穏なる日々
Ms. Anderson's Quiet Days
小さな魔族の騎士執事
「では頑張ってわたくしを殺してくださいましね」
世津路 章
イラスト◆フカヒレ
彼の使命は
美味しい料理の提供、
お部屋のお掃除。
そしてベッドでの
抱き枕代わり!?
人類最強のぐーたら美女と
彼女の命を狙う魔族の少年
二人の優しくて刺激的な同棲生活。
電撃文庫